まっすぐな遠まわり

岡田 瑳久
OKADA Saku

文芸社

目次

自然界には何故曲線ばかりが現はれるか。その理由は簡単である。

特別の理由なくして、偶然に直線が実現される確率は、その他の一般の曲線が実現される確率に比して無限に小さいからである。

『本の中の世界』　湯川秀樹

プロローグ

二〇一〇年、十月二十七日。

はじまりは、頬の微かな違和感だった。翌日にはからだがまったく動かなくなり、声が出なくなって、息ができなくなった。

十万人にひとりの難病だった。

どんなに拒んでも、病気はその手を休めなかった。考慮もないし、容赦もしない。病気は、よだれにまみれた口を一斉に開けて、おれのからだの自由を下品なほどせっせと喰らい、貪るようにしゃぶった。腹を空かせた鯉が、水際に大挙してちっぽけな餌を欲しがるみたいに。

感覚はそのままで、意識も鮮明だった。おれのからだから消えてなくなったのは、動きだけだった。

灰色がかったクリーム色の壁。開かない窓が温度のない光をよこしていた。四角く切り取られた小さな空の両側から病院の建物がせり出し、その隙間を、新病棟の建設現場で稼働するクレーンが繰りかえし往復する。おれはそれを眺めていた。集中治療室のベッドに寝かされ、浴衣みたいな病衣を着て、血栓防止用に締めつけの強い弾性ストッキングをはき、大人用のおむつをつけて。

腕と脚には点滴の管が刺さり、指と胸には血液中の酸素濃度と心拍数をモニターするセンサーが取りつけられた。

喉もとに食い込む人工呼吸器の管から、適度に加湿加温された空気が肺に送り込まれる。自分で呼吸しているみたいに、おれの胸は上がり下がりをむなしいくらい見事に再現してみせた。

つり下がった流動食のボトルから伸びるチューブが、鼻の穴をとおって胃まで届いている。じりじりするくらいゆっくりした速度で、茶色い液状の流動食がチューブの中を胃まで滑り落ちていく。

口に入れられた別のチューブからは、自力でのみ込めない唾液が吸引されていく。ほとんど残っていないジュースをストローでしつこく吸うみたいに、大げさな音がする。

小便が、尿道にねじ込まれた管をとおって、ベッド脇の採尿バッグに溜まる。大便は三日に一度、ベッドに寝たまま、浣腸を使っておむつの中に直接する。流動食由来のやわな便が、尻をなでながらおむつの中を広がっていく。息ができないおかげで、部屋に悪臭が充満していることに気づかなくてすんだ。声が出ないおかげで、看護師に浣腸を入れられ、大便にまみれた尻を洗われ、つぎのおむつをはかされているあいだ、おれは気兼ねなく無言でいられた。

清拭《せいしき》の時間。ベッドに寝たままで、看護師に全身の汗や垢を拭きとってもらう。看護師が、湯をはった洗面器にタオルを浸す音がする。湯をたっぷりとふくんだタオルを絞る音がする。それにあわせて、湯が洗面器へ滴る音がする。その場ちがいな生活音を聞いているときだけは、不安、屈辱、恐怖や絶望の泥濘《ぬかるみ》から顔を出し、平凡な日常の空気を吸った気になれた。

なんでおれが——。

考える時間は売るほどあった。でも、納得のいく答えは見つからなかった。奇数を偶数で割るみたいに、いくら割っても割り切れなかった。割って出た余りは、なにかわるいことをした罰にちがいないという、ぺらぺらな信仰心を差し引いてごまかした。

十万の雨粒に溶けた一滴の絶望が、墨汁をぼたりと垂らすように、だれかのからだを黒く潰す。十万の陽射しに紛れた一本の針が、死んだクワガタを標本にするみたいに、だれかを集中治療室のベッドに突き刺す。そのだれかがおれでなければならない理由は、どこにもなかった。

◆

二〇一六年、年末。

おれが、『今度、ご飯でも一緒にどうですか？』というタイトルで土居《どい》さんにメールを送ったのは、いまから二カ月前のことだ。

土居さんは、謙仕《けんじ》という名前のとおり、途方もなく謙虚で、なにかに仕えているがごとく礼儀正しい人間だ。土居さんはおれの五歳下、三十三歳だが、極めて愛らしい童顔のせいで、見た目は十六歳の高校生だ。

ついさっき、土居さんは待ちあわせ場所で「岡田《おかだ》さん、お久しぶりです」と、おれに向かって丁寧に頭を下げてくれたが、はた目には教え子が先生に挨拶しているようにしか見えなかったはずだ。

三年半ぶりに会ったおれたちはいま、居酒屋の掘りごたつの個室で向かいあっている。数分前に生ビールを運んできた店員は明らかに動揺していた。おれたちが手を握りあっているようにでも見えたのだろう。

土居さんは、おれが入院していたリハビリ病院の作業療法士で、主に腕と手指のリハビリを担当してくれていた。一年半におよぶリハビリ病院での入院中、からだのほかの部位とくらべて手指の回復は遅れていた。二〇一二年の十月に退院してからも、翌年六月までは外来リハビリを継続した。だが、手指が完治するまで、楽観的に見積もってさらに一年か二年かかるだろうことは、おれにも容易に想像できた。

外来リハビリ終了後も、手指の状態のことで土居さんとはメールでときどきやり取りしていたが、今日、久しぶりにおれの手にふれ、土居さんは火がついたのだろう。

土居さんのリハビリに対する情熱を色で表すなら、青だ。見た目は地味でも、温度は赤よりもずっと高い。それに火がつくと、周囲のあらゆる状況が、土居さんの網膜や鼓膜に届く前に焼失してしまう。だから、土居さんはおれの手を粘っこくさわり、指関節の動きと握力の確認作業に熱中することができる。ここが、病室とは似ても似つかない居酒屋の個室であってもなんのそのだ。

いまのおれを見て、病気だったとわかる人間はそういないだろう。だが、土居さんは騙せない。両手先に残る、日常生活になんら支障のない不自由さを、土居さんが見逃すことはない。それは裏をかえせば、この三年半のあいだになにがどこまでできるようになったのか、おれの回復過程を丁寧になぞってくれるということでもある。

入念な確認作業を終えた土居さんが、初々しい笑顔に戻る。

「岡田さん。素晴らしいです。非常にいい状態をキープできています。もちろん、完治まではまだ少しかかるかもしれませんが――」

おれには、入院中からずっと目標にしてきたことがあった。それを、退院して四年が経ったこの秋、ようやく達成することができた。おれは今日、土居さんにそのことを話しておきたかった。

ほとんどの人間にしてみれば、それは小石くらいの重さしかない話だろう。でも土居さんなら、少なくとも漬物石くらいは喜んでくれるはずだ。情熱を真っ青にたぎらせ、声高らかに賛辞を述べてくれるだろう。まるで歴史的な偉業を達成したみたいに。

「握力も三年半前とはくらべものになりませんね。本当に素晴らしいです。ここまで回復されるには、相当な努力を――」

おれの手に対する土居さんの称賛がとまらない。そのせいで、話しておきたいことを話してもいないうちから、おれの顔面はすっかり偉業を達成した人間のそれだった。

泡の消えた生ビールは、もはや麦茶と化していた。


「土居さん。うちの子、覚えてます？」

おれは、麦茶ビールをひと息にあおった。

「あ、覚えてます、冬樹《ふゆき》くん。それから、このあいだ下のお子さんも生まれましたよね。

お名前は、えっと」

「春樹《はるき》です」

「そうでした。春樹くん」

「このあいだっていうか、春樹はもう二歳半になりましたよ」

「もうですか？　出産のご報告をいただいたのがついこの前のような気がしてました」

「でも、もうって言ったら、土居さん。冬樹のやつは小学一年生ですよ、この四月から」

「えっ？　冬樹くんがですか？　もう小学校に行ってるんですか？」

「ええ、土居さんご存知のあの冬樹が一丁前に小学生になりましたよ」

「岡田さんのお見舞いに来てたころは、たしか二歳くらいでしたよね」

「そうですね。だから、いまの春樹と同じくらいですよ」

◆

二〇一六年、四月七日。

冬樹にとって晴れの入学式は、朝から本降りの雨だった。

せめて小雨くらいにしておいてくれればいいのにという、言ってもしようのない苦言を呈さずにすんだのは、どうにか間にあったことに安堵していたからだ。

――今年の二月末、おれたちは、妻、七緒《ななお》の実家の近所に引っ越してきた。そこからは荷物の整理や冬樹の卒園式の準備に慌ただしく、入学の準備は卒園式が終わってからやるつもりでいた。

ところがその計画は、卒園式の終わった夜、冬樹が三十九度の熱を出してあっさり破綻した。数日後、冬樹がだいぶ元気になったと思ったら、今度は春樹が熱を出し、春樹の体調が回復したときには、入学式がいよいよ三日後に迫っていた。七緒はふたりにかかり切りだったせいで、入学式の準備にほとんど手をつけられていなかった。

まずは、小学校から配布された準備物リストに照らし、必要なものが揃っているかを確認し、足りないものを急ぎ買い揃えた、七緒が。買っておいた生地で、給食セットや歯磨きセット、上履きを入れる巾着袋をつくった、七緒が。いらなくなったタオルで雑巾を二枚つくった、七緒が。「おかだふゆき」とプリントされた名前シールを持ちものに貼った、七緒が。シールを貼れないものには手書きで名前を書いた、七緒が。算数セットのおはじきやら数え棒までひとつ残らず、七緒が。

名前シールに冬樹の名前をプリントしただけのおれは、保育園の日々を振りかえり、もうすぐはじまる冬樹の新しい毎日に思いを馳せるのに多忙だった。そして、どうにか入学式当日を迎えることができたのだ――。

　家から五〇〇メートルほどしかない距離を、七緒の運転で小学校に向かう。晴れていれば通学路を三人で歩くはずだった。

　冬樹が入学する、ひたちの市立朝日《あさひ》小学校は、七緒の母校でもある。もう三十年近く前のことだからと七緒は言うが、引っ越してきたばかりのおれにくらべれば、勝手知ったることにちがいはなく、ハンドル捌きに迷いがない。

　入学式が執りおこなわれる体育館入口の「ひたちの市立朝日小学校　第七十回　入学式」と書かれた立て看板は、雨に濡れないようにビニールで厳重に巻かれている。

「せっかくの入学式なんだからさあ」

　立て看板の縁に配された紙の花が、ラップされた肉饅と化しているのを見て、おれの不満は加速し、これまでの安堵を猛スピードで追い抜いた。「雨になって喜ぶやつ、いるわけないよなあ」

「えー、なんで？　ぼく、雨好きだから嬉しいよー」

　後部座席にもたれ、両手の指を絡ませてカエルの顔かなにかをつくりながら、冬樹が言う。「せっかくの入学式なんだから楽しくいこ？　ね、おとーさん」

　めでたい日に愚痴をこぼし、子どもの手遊びの片手間になだめられる貧弱な父親の青息吐息を、車体を凹ませてしまいそうなくらい盛大な雨音がかき消してくれたのは、せめてもの救いだった。

駐車場に車をとめて校舎に入ると、下駄箱の壁にクラス分けの紙が貼られていた。クラスは一組が二十四人、二組が二十五人の二クラスで、冬樹の名前は二組のほうにあった。

入学式がはじまるまで、子どもたちは教室で起立、礼、名前を呼ばれたときの返事を急ピッチで練習し、本番に備える。保護者は、そのあいだに体育館に入って待機だ。

体育館後方の入口には風船でつくられたアーチがかかり、そこから伸びる新入生の花道が体育館を左右に分ける。ステージ下の四十九の椅子が新入生の入場を待つ。

体育館に入ると、中はすでに入場している在校生の遠慮がちな小声でざわついていた。保護者席は在校生を挟むように体育館の左右に配置されていて、おれと七緒はステージ向かって右側の、二組の保護者席に座った。

「あ、侯《こう》だ」

「ん？」

「ほら、あそこ」

甥の野島《のじま》侯は、七緒の二歳年上の姉、絵美《えみ》さんと、おれと同い年の拓三《たくみ》くん夫婦の長男で、去年、朝日小に入学した。七緒の視線の先に目を向けると、侯がこっそり手を振っているのが見えた。おれたちも手を振ってかえす。先生に見つからないように。

「でもあれだよな、侯がいてくれるだけでちがうよな」

「ちがうね。登校班も一緒で安心だし」

「いまさらだけど、クラスのほかの子は友だち同士で楽しそうにしてたな」

「してたね。みんな保育園とか幼稚園のころからの友だちなんだよね」

冬樹の保育園はひたちの市の中心部にあり、二月末まで住んでいたところから歩いて通うことができた。

ひたちの市は、四十年ほど前に常陸《ひたち》郡とそれに隣接する三町一村が新設合併し、誕生した。その後も合併を推進し、ピーク時ほどではないにしろ、いまなお人口は増加傾向にある。それにあわせ、市の中心部では数年前から再開発が進んでいる。

朝日小は、中心部から車で二十五分ほど走った西エリアの端にある。同じひたちの市内でもこのあたりにはのどかな風景がふんだんに残っている。

朝日小に入学する子どもの多くは、小学校に隣接する保育園と幼稚園の出身だ。ほかから来ている子もいるが、朝日小の学区内出身というくくりで言えば同じだ。冬樹みたいに学区外の保育園に通っていた子はそういない。

「これより、ひたちの市立朝日小学校、第七十回入学式を執りおこないます」

教頭先生の開式の宣言につづいて入場してくる新入生は知らない顔ばかりだ。担任の先生が呼び上げる名前も知らない名前ばかりで、返事をして立ち上がったうしろ姿も、猫背の冬樹のほかは知らない背中だ。

父方の祖父から四代つづく猫背を遠くに見ながら思う。

〈いくらなんでもゴールドは攻めすぎだったよ、フユ〉

――去年の九月のことだ。どんな色がいいか訊いてみると、冬樹は「ゴールドがいい」と元気に即答してきた。

正直、わからなくはなかった。おれが冬樹くらいのときも、色鉛筆や折紙、絵の具の中で、好きな色はゴールドだった。使うのがもったいなくて躊躇しているうちに、使いどころがわからなくなってしまうくらい、ずば抜けて好きだった。エメラルドグリーンにも一目置いてはいたが、あれは名前にやられたのだ。同じ緑でもビリジアンとは格がちがった。

ゴールドがいいと言うこと自体は、健全なことだと思う。だが、冬樹はなにも知らないのだ。朝日小の男子はほとんどが黒だということも知らないし、新入生に友だちがひとりもいないこともよくわかっていない。そもそもゴールドが売っているのかさえ知らない。

だから、親であるおれたちが、知識や経験という点で圧倒的に丸腰の冬樹に代わり、ちゃんと考えてやる必要があった。

ランドセルの色をどうするかについて。

ゴールドのランドセルはたしかに商品化されている。だが、おれと七緒の考えは黒で一致していた。冬樹がスムーズに学校に馴染むことを願うなら、神輿みたいなランドセルを担がせるのは、いくらなんでもめでたすぎる。

それで、品揃えがよすぎる大型店ではなく、色や装飾よりも素材やつくりに力を入れていそうな鞄屋を選び、電話でベーシックな色のランドセルしか扱っていないことを事前に確認してから、冬樹を連れてなに食わぬ顔で店を訪ねた。

そこには、思いも寄らずステッチがゴールドの黒いランドセルがあった。

おれはここぞとばかりに、これが一番、格好いいだの、ゴールドと黒の取りあわせが最高だの、こんなの見たことないだの、お父さんが欲しいくらいだの、わざとらしい音量の白々しいひとりごとを連発した。そして、冬樹を鏡の前まで連れていき、ちょっと背負ってごらんよと畳みかけた。店員もここが勝負どころと踏んだらしく、すぐさま黄色い通学帽をかぶらせてきた。

もはや勝負あったである。

冬樹は鏡の前であっち向きこっち向きを繰りかえし、自分のランドセル姿にすっかり惚れ惚れしている。

「お父さん、ぼくこれがいいーッ！」
そう言ってよこす冬樹の顔面からは、満更でもないという感情が、きつねうどんの油揚げを噛み締めたときみたいにしみ出していた。それを聞いたおれのほうも、やぶさかではないという感情が顔全体からぼたぼた滴り落ちてきた。鏡の前に立つおれたちは揃いも揃って、まさに顔面びしょびしょだった――。

　入学式は特に劇的なこともなく式次第どおりに進んだ。劇的でも逆に困ってしまうが、新入生全員の名前が呼ばれたあとは、校長挨拶、来賓祝辞、祝電披露、在校生代表による歓迎のことば、教職員紹介、校歌斉唱と進み、拍手の中を主役たちが退場していった。それにつづき、来賓と在校生がぞろぞろと出ていく。

「終わったな。準備、大変だったね。おつかれさまでした」

「ひとまず、かな。明日、持っていくもので、準備できてないのがまだあるんだ」

「そっか。まあ、でも間にあってよかったよな、ひとまず」

　おれが差し出した右手を七緒が握る。おれはその手を力いっぱい握りかえし、素早く一回、上下に揺すった。

　こういうとき、社の命運を握る商談が成立したみたいに握手を交わすのが、つきあっているころからのおれと七緒の流儀だった。ことばはなくとも、この力強い握手ひとつで、労いや感謝、同意、激励、覚悟を表明するのだ。

「すごいね。握力だいぶ強くなってきたんじゃない？」

「まだまだ。でもハンッ年後はいまよりクァクジッツに強くなってるよ」

「ハンッ年後はクァクジッツに強くなってる？」

おれには、会話の途中で妙なところにアクセントを置いてしまう癖があった。

七緒には、その妙なアクセントの重量を絶妙な精度で量りとる特技があった。

「そ、そうそう。半年後は確実に」

重たいアクセントをすっきり減量してから、おれは半年後への決意も新たに、七緒の手を離した。

入学前は平仮名さえままならなかった冬樹が、入学して数カ月で、簡単な漢字の読み書きまでできるようになった。字は汚いし、書き順は平仮名でも怪しいところはあるが。それに、算数は二十までの足し算、引き算ならどうにかできるようになっている。

たった数カ月で大したものだと思う。だが、だからといって、三歳から言いつづけていることがいっこうにできるようにならないという、もうひとつの現実に目をつぶるわけにはいかない。

目を見張る成長を見せたかと思えば、どんなに目を凝らしたところで目を疑うほどの進歩しか見せてくれない冬樹。

平日の朝はだいたい三歳だ。おれと七緒が、愛情という名の尖った怒声で穴が開くほど冬樹を突つくのが、毎朝の恒例だ。

「早く着替えなさい」「早くご飯を食べなさい」「テレビ観る時間じゃないでしょ」「遊んでる場合じゃないでしょ」「あと十分しかないよ」「もう行く時間になっちゃったじゃない」「なんでまた遊びはじめてんの」「なんでこのタイミングでトイレに行くとか言ってんの」「しかもうんちって」

登校班の集合場所までの直線二〇〇メートルは、大人にとってはただの平坦な一本道でしかないが、冬樹にとっては、まったくもってそうではない。

急な斜面を駆け下りるみたいに走っていく日もあれば、吹き荒れる風に立ち向かうみたいにゆっくり歩いていく日もある。未開の地を行く冒険家みたいに勇ましく進んでいたかと思えば、星を読む大船団の航海士みたいに上を向いたまま突然、立ちどまったりする。

おれはいつも、頭の半分でさっさと行きなさいよとやきもきし、残りの半分で冬樹の視線の先と意識の根っこにある「なにか」をイメージする。

なにが冬樹を走らせたのか。少なくとも、急ごうとしたわけではなさそうだ。なにがあって冬樹は歩くことにしたのか、道の向こうになにが見えるのか、空になにを見ているのか。

そうすることは習慣的な行為になっていた。それなのに、イメージするときは決まって、胸の内側をガーゼでこすられたような、どうにもたまらない気分になる。

それはたぶん、この習慣のはじまりが、五年半前の集中治療室の夜だからだろう。

――ベッドに寝たきりのおれの顔のすぐ前には、七緒に抱っこされる冬樹の写真があった。

写真は、安ものの可動式アームの先端に貼られていた。毎晩、消灯時間になると、夜勤の看護師がアームの根もとをベッド柵に固定し、先端の写真が目の前にくるようにセットしてくれた。

喉もとに伸びた人工呼吸器の管。唾液吸引用のチューブと流動食用のチューブ。顔のすぐ脇にセットされた高感度のタッチセンサー式ナースコール。その上、可動式アームの先端の写真がすっかり小型モニターのごとくで、結果的には、ほとんど動けないくせに、首から上だけ近未来の到来を予感させていた。

まっすぐカメラを見て笑う七緒と、視線がまるっきりそれと直交する冬樹。その写真を見ながら思う。

〈よりにもよって、フユ。横顔って〉〈なんでこっち向かないかなあ〉〈顔がよく見えないよ、フユ〉〈なんていうか、もうちょっとこう〉

贅沢を言うつもりはなかった。冬樹にカメラのほうを向いてもらうのは簡単なことではない。それに、偉そうに贅沢を言おうにも、この横顔写真を撮影したのはおれだった。それこそどのツラ下げても贅沢を言えるはずがない。

冬樹がこっちを向き、かわいらしく笑っている姿を見ながら眠りたいという本音を、カメラ目線で笑っている七緒にどのツラ下げて伝えればいいのか。そう思案しているうちに、どのみち顔面の筋肉がまったく動いてくれないのだから、どのツラ下げようにもどのツラも下げられないことに気がついて、落ち込んだ。

そのうち、動けない自分が人形かなにかに思えてきて余計に落ち込み、今度は動けなくても人間なのだから、人形よりはマシだと高をくくって持ち直した。でも最後には、人形なら人間が眠っている隙に動き出せるし、その気になれば人間の目をかいくぐり、あの手この手の大脱出劇を企てることもできるのだから、二十四時間ベッドに張りつきっぱなしの、いわばベッドシーツみたいな分際で肩を並べていいはずがないという、ファンタジーな格づけが頭をもたげてすっかり落ち込んだ。

落ち込んで、持ち直してまた落ち込んで、という世話ない作業をどんなに繰りかえしたところで、からだが動かない夜の絶望的な暇がつぶれることはない。むしろ、のしかかってくる暇につぶされそうなのはおれのほうだった。

集中治療室にいることに不本意ながら慣れてきたころ、いつものように写真を見ていて、おれは冬樹が横を向いている理由に気がついた。

冬樹はなにかを見ているのだ。

気づいてみればなんということはないが、それでも、眠れない夜はこれをきっかけに少しだけ忙しくなった。

冬樹の視線の先にある「なにか」をイメージしてみる。冬樹が感じている「なにか」をイメージしてみる。

それは、眠れない夜のいい暇つぶしになった。

もちろん、どんなに具体的にイメージしたところで「なにか」は「なにか」のままでしかないが、それでよかった。

冬樹のことを思ってやる。

ただの自己満足でも、父親らしいことをしてやれるのが単純に嬉しかった。

ある日、七緒が教えてくれた。入院前はつかまり立ちだった冬樹が、ひとりで立てるようになったこと。しばらくすると、なぜか立ったまま泣きはじめてしまうこと。

病気になんかならなければ、立てるようになったことを七緒とふたりで喜び、おれたちの幸せに反比例して泣きはじめる冬樹を、笑って抱きしめてやれただろう。

なんとなく、確信していた。

歩きはじめの一歩。

話しはじめの一語。

そこにおれはいない。

だからせめて冬樹を思った。

フユ、なんで泣いてたの。

冬樹の中にある、正解のない「なにか」を思った——。

第一章　霹靂

二〇一〇年、十月二十七日、午前七時。

冬樹が生まれてちょうど十カ月になる一日は、微かな違和感ではじまった。

洗面所でうがいをしていると、少しだけ頬が膨らみにくい感じがした。水を吐き出し、もう一度、頬を膨らませてみる。違和感は気のせいではないようだが、それについて特段なにかするつもりもなく、身支度を優先した。

「パパ、おはよー」

抱っこした冬樹の手を振りながら、七緒が洗面所をのぞき込む。

「おー、おはよう。フユも、おはよー」

おれの挨拶に冬樹も笑顔をかえす。

「今日一日ずっと雨みたいだから、わたし送ってこうか？」

「ほんとに？　助かるわ。じゃあ、お願いしようかな」

普段、おれは運動不足解消の目的で自転車通勤しているが、雨の日は育児休暇中の七緒に送り迎えしてもらうことも少なくない。

「今日は、午前中から絵美ちゃんと買いものに行ってこようと思って」

「お、いいねー」

お互い準備に励みながら、目をあわすことなく話をする。

「毎年のことだけど、この時期は忙しいんだって。予防接種で」

「ああ、インフルエンザね」

「毎日すごい混みようだって」

絵美さんは看護師で、市内にある小児科と内科が専門の二宮《にのみや》クリニックに勤務する。冬樹だけでなく、おれも体調がわるいときには、よく二宮クリニックで診てもらっていた。

「おれたちが予防接種を受けたときはそうでもなかったけど、たしかにこの前、風邪薬をもらいに行ったときは混んでたかも」

「そっかあ」

「そういえば、麻疹の予防接種もやっといたほうがいいって、二宮先生から言われたんだった」

「そうなの？」

「そうなんだよ。血液検査の結果が出て、抗体の数が少ないんだって」

「じゃあ、もうちょっとインフルエンザの予防接種が落ち着いてからにしたほうがいいね」

「そうするわ。で、絵美さんと買いものって、疲れちゃってるみたいだからストレス発散につきあってあげようじゃないかってこと？」

「そうなんです。かわいい姉なもんで」

絵美さんは二〇〇六年に三歳年下の拓三くんと結婚した。おれたちは結婚前からよく一緒に出かけたり、食事に行ったりしていたが、義理の兄弟姉妹になってからも、友人のような関係はかわらない。

やや大粒の雨の中、冬樹が濡れないよう注意しながら車に乗り込む。雨の中、冬樹をチャイルドシートに座らせるのは難儀だが、今朝は風がそれほど強くないぶん助かった。

職場までは車で十分とかからない。その途中、なんの気なしに咳をしたときだ。

「ん？」

喉に微かな違和感を覚えた。

「どうしたの？」

「いや、なんか」

もう一度、咳をする。

「なかなか切れないね」

「うん、いや、痰じゃなくて、咳したときに喉がなんていうか――」

違和感の輪郭すらつかめず、歯切れのわるい返事をしているあいだに、車は職場のあるビルの前に到着した。「まあ、行ってくるわ」

「大丈夫？　なにかあったら連絡してよ」

「ありがとう。大丈夫だと思うよ。行ってきます」

「行ってらっしゃい」

七緒の声が耳に届くと同時にドアを閉める。冬樹の顔を見るの忘れちゃったなと思いながら、急ぎ入口に向かう。

「あれ？」

今度は左脚に違和感を覚える。太ももの裏がなんとなくだるい。

〈なにか疲れるようなことでもしたかな〉

いつもなら入口すぐ右手の階段を使うところだが、今日はその前を素どおりし、正面奥のエレベーターに向かった。

「三階です。ドアーが開きます」

無感情な声にはっとして顔を上げた。エレベーターに乗っていることを忘れてしまうほど、からだの違和感で頭がいっぱいになっていたことに気づく。

三階にある益井《ますい》建築設計事務所がおれの職場だ。代表の益井和正《かずまさ》さんは、ひたちの生まれひたちの育ちで、無類のサッカー好きだ。同い年に元日本代表のエースストライカー、キングカズこと三浦知良がいるのをこれ幸いとばかりに、事務所スタッフには自分のことを「カズさん」と呼ばせている。

おれは、住宅建築専門誌に新進気鋭の建築家として取り上げられていたカズさんのインタビュー記事に感銘を受け、四年前、それまで働いていた建築関係の会社からカズさんの事務所に転職した。

自然素材を使った、住みやすくからだによい家づくり。これが事務所の唯一絶対的な理念だ。雑誌のインタビューでは、これを軸としてカズさんの信念が熱く語られていた。

家の中の空気が淀まないよう、じゅうぶんに配慮されたシンプルな設計。作為を薄め、奇をてらうような設計はしない。普遍的な空間に住みやすさと心地よさを凝集し、収まるべきところに収まるべきものを素直に配置する。

それを実際に形にするのは、カズさんが信頼する職人たちだ。県内と近隣他県の無垢材を扱う木造軸組工法《もくぞうじくぐみこうほう》の大工、土や漆喰の塗り壁を専門にする左官屋、無垢材を使う建具屋、家具職人、造園屋、そのほかにも多くの職人たちと連携し、ひとつの家を完成させる。

カズさんは、職人たちを納得させられるだけのたしかな設計力と統率力に加え、事務所スタッフと職人たちを惹きつけてやまない人間力まで持ちあわせている。おれもご多分にもれず、それに惹かれて入社し、四年が経ったいまでも惹かれつづけている。

「カズさん、おはようございます」

「おー、瑳《さ》久《く》。おはよう」

カズさんはおれのことを名前で呼ぶ。困惑がねっとりと塗りたくられていたのだろう。おれの顔を見て、カズさんが訊いてきた。「ん？　どうかしたのか？」

「あ、いや、なんていうか」

「まだ本調子じゃないのか？」

「いや、もう風邪のほうは薬を処方してもらってよくなってきたんですけど」

「けど、どうした？」

「いや、大丈夫です」

「そうか。でも、もしなんかあったら言ってくれよ」

「はい、ありがとうございます」

デスクに座り、パソコンを起動させた。仕事をしているあいだも、違和感が定期的に頭をもたげる。しばらくして、おれはキーボードを叩く手をとめた。

指が動きにくい――。

なにが起きているのか、あいかわらずはっきりしない。自分の感覚から少しずつずれていくからだが気になってしようがないのに、おれはひとまずそれを保留した。


十二時すぎ、携帯電話を持って、だれもいない事務所のミーティングルームに向かう。左脚は、出勤時よりも数段、重くなっていた。

数日前、おれは二宮クリニックを受診し、隣の薬局で風邪薬を受け取った。今日のからだの不調が服用している薬の副作用だったりしないか、薬局に電話して確認しようと思ったのだ。

調べておいた番号に電話をかける。

「はい、大内《おおうち》薬局でございます」

「あっ、もヒもし」

口から出たもののせいで、つぎのことばがつづかない。

たしかに『もしもし』と言ったはずだった。いや、言ってない。言えてない。言おうとしたが、口から出たのはそれではなかった。出勤直後にカズさんと話したあとは、だれとも話さず仕事をしていたせいで気づけなかった。

口がまともに動かなくなってきている――。

電話を切る。

〈電波が悪かったことにしよう〉

おれは、口を大きく開けたり、尖らせたりしてから、平仮名を覚えたばかりの子どもみたいに、五十音をひと文字ずつ、小さな声で丁寧に発音した。たしかに言いにくい文字もあったが、丁寧に喋ればひとまず問題なさそうだった。

もしもしと言ってみる。一音一音、噛み締めるように言ってみる。

「もしもし」

思ったとおりに発音できることを確認し、改めて薬局に電話をかけた。注意深く口を動かし、油断せずにことばを発する。

数日前に風邪薬を処方してもらったんです。今朝から体調がおかしいんです。口が動かしにくいんです。咳がしづらいんです。脚がだるいんです。手もなんだか動きにくいんです。もらった薬にこんな副作用はありませんか。

「少々お待ちください」

保留音がひとまわりし、ふたまわり目に入ったところで薬剤師が電話口に戻ってくる。

「調べてみたんですが、お使いの薬はかなりポピュラーな薬で、そのような副作用は報告されていないようです」

期待していた答えではなかった。薬をやめれば治る。そう言ってほしかった。「ただし、もう風邪の症状が治まっているのなら、念のため服用をやめてみてはどうですか？」

いくら素人でも、それくらいのことはおれにもわかる。これ以上話しても意味がないと思い、電話を切ろうとしたところに、薬剤師が「それから」とつづけてきた。

「風邪ということですが、水分はじゅうぶんに摂れていますか。それに、風邪であれば栄養も必要量、摂れていないかもしれませんから、もしかしたら、脱水のような症状になっている可能性があるかな、と」

〈それだ〉

おれはすぐに、熱中症を特集する番組で同じようなことを言っていたのを思い出した。そうだ、それしかない。急ぎの仕事で水分を摂っていなかったし、食欲もあまりなかったから栄養も足りていなかったにちがいない。

おれは疑わない。薬局で会っただけという、一点でしか交わらない人間の声が脳に馴染んでいく。脱水症状――からだの異常にその響きがしっくりくる。原因がはっきりした気になって、気分が高揚していく。

雨の中、おれは職場の斜め向かいにあるコンビニに急いだ。左脚はあいかわらず重い。弁当、五〇〇ミリリットルのスポーツドリンク三本、栄養ドリンク一本、塩分がたっぷり摂れそうな梅干まで買い込んで、事務所に戻った。

まず、スポーツドリンクをのもうとして、ふたを開けるのに手こずった。指の動きにくさに加え、力も入りにくくなっているようだ。一刻も早くこの状況から抜け出したくて、中身を一気に喉の奥に流し込んだ。開栓に手間取った数秒を取り戻すように。勢いそのままに二本目をのみはじめたが、途中でむせてしまった。咳をしたときの違和感はあいかわらずで、むしろ強くなっているようにも思えた。

腹に収まった一リットルの水分が満腹中枢を突つく。急ぎ弁当に移ったが、今度は箸がうまく使えない。箸をフォークやスプーンのように使ってどうにか口まで運ぶが、そこからもまた、うまくいかない。舌が思ったように動いてくれないせいだ。食べにくくてしようがない。おれはじゅうぶんに咀嚼するのをあきらめて、口にあるものを雑多なサイズのまま一斉に喉に放り込むことにした。

どうにか弁当を完食し、梅干を食べ、強烈な酸味をスポーツドリンクで一気に流す。締めのつもりで買った栄養ドリンクはあとでのむことにした。

これで脱水症状から解放されるはずだ。残った梅干と栄養ドリンクを持って、おれはデスクに戻った。

午後三時半。おれは早めに帰宅するつもりでいた。今日中に終わらせておきたかった仕事はひととおり片がついたし、カズさんに頼まれていた資料も、完成版をすでにメールで送ってある。というのは建前で、今日みたいに体調がわるい日は、早く帰って七緒と冬樹の顔を見たいというのが本音だった。

帰り支度をはじめようかというところにカズさんが声をかけてきた。

「瑳久、送ってもらった資料だけど、だいたいあれでいいと思う」

いつもならメールですませるようなことをわざわざ言いにきて、なにかあったのかと思ったが、「で、体調はどうだ？」と訊かれ、なにかあったのは自分のほうだったなと思い直した。

そして、口を開いて耳を疑った。

「いィア、それグァまアいまいヒエ」

『いや、それがまだいまいちで』頭では完成していたはずの文章が、口を開けた途端、跡形もなく垂れ流された。

「あエ？　うまくヒャメエアい」

からだの異変を強烈に感じる。うまく喋れないことに恐怖すら感じている。それなのに気分はどこか傍観者だ。意識の芯が生ぬるいままだ。激しい痛みや多量の出血。たとえばそういう鋭利な異常。意識を切り裂き露出した芯を鷲づかみにするような異常。それならば即座に危機感を覚えられたはずだ。だが現状は、言ってしまえばからだがいつもより動かないという程度。頭痛、腹痛、動悸、眩暈、悪寒、発熱、嘔吐、下痢、出血。そんなものは一切ない。せいぜい〈ん、なんだこれ？〉というレベルの異常。これでは意識の芯が熱を帯びない。

疲労や酩酊と同線上に自分を据える生ぬるい想定。飯を食えば治る、寝れば治ると思えるなまくらな過信。おれは、危機感から呆れるほど遠かった。

雨がやむ気配はない。天気予報のとおりだ。日の入りまでまだ一時間を残しているが、降りやまぬ雨を抱え込んだ分厚い雲のせいで、いつもとくらべて外は格段に暗い。

おれはカズさんが戻ってくるのを、しばらく前から待っていた。

『あウヨくアよアいのと、イナりあヒグァナるいエす。たベウォのものみオみにウいエす』

握力が弱いこと、左脚がだるいこと、食べものがのみ込みにくいことを、まわらない呂律でどうにか伝えると、カズさんは『親父と弟に連絡してみるから、ちょっと待っててくれ』と言って、オフィスに戻っていった。

カズさんの父親は地元の開業医で、弟は市立病院に勤務する。弟が医者になったのは父親の影響が大きいが、実際のところ、建築士になった自分のほうこそ、父親の影響をより強烈に受けたと、カズさんから聞かされたことがある。

カズさんが中学生か高校生のころ、父親のところに目や鼻の違和感、倦怠感、頭痛など、なんだか最近、調子がわるいと言ってやってくる患者が急増した。当時のひたちの市中心部は市の誕生時から進む開発の真っ只中にあった。企業や工場、商業施設が誘致され、住宅の建設ラッシュが開発に拍車をかけた。

受診した患者に共通していたのは、新築住宅に住みはじめたか、その施工に関わっていたかだったため、当時シックハウスという概念はまだ浸透していなかったが、「家」が原因であると考えるのが妥当だった。しかし、裏をかえせばそれは医者として打つ手がないことを意味した。

家のせいで病気になったひとを治療しようにも、診察が終われば、その家に帰さなければならない。どんなにいい薬でも、それをのむのも塗るのも貼るのも家の中だから治しようがない。父親のそういう葛藤が自分の仕事の原点になったと、カズさんは以前、おれに教えてくれた。

待っているあいだに栄養ドリンクでものんでおこうかと思ったが、昼食時の握力はもはや見る影もなく、ふたは到底、開けられそうもなかった。

未開栓の瓶を雑にデスクに置き、椅子の背に全体重をあずける。見た目はなにも変化していないのに機能が伴っていない自分の手を、まるで無機物でも見るみたいに眺めていたところに、カズさんが戻ってきた。

「瑳久、いまから病院に行こう。すぐに準備してくれ」

おれは頷くだけにした。これ以上、自分の口から出てくる意味不明な音を聞く気になれなかった。

ひとまず病院で診てもらって、脱水症状にケリをつけよう。点滴となると時間がかかるだろうが、調子がよくなって家に帰れるのならわるくない。

椅子から背中を剥がし、おれはカズさんのあとにつづいて事務所を出た。同じ質量とは到底思えない左右の脚をアンバランスに運ぶ。左脚は重くなる一方だ。

ビルの前にはカズさんの手配したタクシーがすでに停車していた。ハザードランプが、濡れて黒く沈むアスファルトに反射する。アスファルトにオレンジが灯るたび、冷たい黒がそれを潰した。

タクシーに乗り込むと、カズさんがすぐに事務所での電話のやり取りについて説明しはじめた。

すぐに神経内科を受診するように言われたこと、弟が市立病院の神経内科で診察と精密検査を受けられるように手配してくれたこと、病院の入口まで看護師が迎えにきてくれていること、緊急で入院できるように念のためベッドを一床、確保してくれていること――。

思いも寄らない話を消化しきれないまま、なんとなく頷きつづけた。

タクシーが、両側に宅地用の更地が広がるエリアを走行する。この道をあと五分ほど行けば市立病院だ。

おれはポケットから携帯をどうにか引きずり出し、七緒にメールを送信した。

『買いもの楽しかった？　体調がわるいので病院に寄ってから帰ります。迎えは大丈夫です』

余計な心配をさせないように、神経内科、精密検査、緊急入院といった物騒な四字熟語を連発するのは避け、なるべくあっさりとしたメールにした。

タクシーが市立病院の敷地に入る。市立病院では既存の病棟に隣接する格好で、それよりもやや大きい新棟が建設中だった。建設現場にそびえる二基のクレーンの足もとを抜け、既存病棟前のロータリーに向かう。入口前の屋根つきエリアは先着の車で混雑していて、タクシーは屋根から完全にはみ出して停車せざるを得なかった。

入口に女性看護師が立っている。その脇には車椅子が見える。カズさんが一直線に看護師のほうへ近づき、「神経内科の看護師の方ですか？」と尋ねた。

「そうです。あ、岡田瑳久さんの」

「ええ、つき添いの者です」

「わかりました。これからすぐに神経内科の診察室までご案内します」

「お願いします」

「それじゃあ、岡田さん。こちらに乗ってください」

自分で歩けるから大丈夫ですと、本心は断りたかったのだが、不明瞭な発音でそれを伝えるのが面倒で、言われたとおり車椅子に座ることにした。

受付の前を抜けてしばらく進み、突き当たりを右に曲がると外来病棟だ。各診療科の名称を記載した縦長のプレートが、およそ十メートル間隔で壁に取りつけられている。各プレートのところで右に折れると、それぞれの診療科の診察室と待合いのある広いスペースにつながる。プレートの色は診療科ごとに異なり、長くつづく廊下の端から端まで連なる色の変遷は、見ていていやな感じはしない。

今日の神経内科の診察はすでに終了したらしく、待合いにはだれもいなかった。診察室に入ると、カズさんと同年代の男性医師と、おれと同年代の女性医師のふたりがいた。

「岡田瑳久さんですね。神経内科の水野《みずの》です。益井先生からおよその症状は聞いていますが、わたしのほうでも簡単に診察させてください。それから、彼女は研修医の玉田《たまだ》です。彼女も診察と検査に立ち会いますが、構いませんか」

「アい」

「それでは早速ですが、はじめます」

診察はたしかに簡単なものだったが、単なる脱水症状ですね、問題ないです、とはならず、タクシーの中で聞いたとおり精密検査と入院が決定した。

検査に向かうためにおれたち三人が診察室を出ると、待合いにいたカズさんが長椅子から立ち上がった。カズさんは自己紹介もそこそこに、急な診察を引き受けてくれたことに頭を下げ、今日これからのスケジュールを確認した。

「いまから検査を受けて、そのままひと晩、入院ですね。わかりました。ありがとうございます」

カズさんはそう言うと、車椅子に座るおれの前で少し腰をかがめ、「奥さんにはあとで連絡しておくよ。奥さんが来るまではおれが一緒にいるから」と言ってくれた。おれは黙ったまま深く頭を下げた。

血液検査、尿検査、レントゲン、頭部ＭＲＩ、髄液《ずいえき》検査、末梢神経伝導検査。検査は淡々と進行する。だれひとり深刻にならない。

「こういうことよくあるんですよ」「すぐ治りますよ」そう言われているような気がした。意識の芯が、生ぬるいのをとおり越してどんどん冷えていく。

髄液検査をおこなう部屋に入ると、そこにはすでに神経内科の別の医師が数人、集まっていた。この検査では、脳と脊髄の周囲を満たす髄液を採取する。ベッドの上で服を胸のあたりまでまくり上げ、できるだけ背中を丸めて、水野先生のほうに背中が向くように寝る。だれもそんなところに注目しないだろうが、おれは近ごろめっきりたるんできた腹を凹ませた。

腰のあたりに針が挿入される。局所麻酔をしてはいたが、鈍く重い痛みを感じる。

「きれいだね」「そうですね」「見た目は問題なさそうだ」背後で髄液を見る医師たちの声がする。どうやら異常はないらしい。水野先生が試験管に入った髄液を見せてくれた。さっきまでおれの中枢神経系を満たしていた無色透明の液体は、素人目に見てもたしかにきれいで澄んでいた。

ベッドで寝たまま待っていると、玉田先生が末梢神経伝導検査のための装置一式を室内に運び込んできた。この検査は本来、別の検査室でやるようだが、からだが動きづらいおれを気遣って、髄液検査と同じ部屋でおこなうことになった。

末梢神経伝導検査は、運動神経や感覚神経が正常に機能しているかを調べるための検査らしい。水野先生が、刺激電極で手足の神経を電気刺激する。これがまた痛い。同じ場所を何度も刺激し、それを複数カ所にわたって繰りかえす検査は、苦痛でしかなかった。

「岡田さん」

水野先生が不意に話しかけてきた。「この半月くらいで、なにかかわったことはありませんでしたか？」

「アわっラこオでフか？」

「ええ」

なにかかわったこと——なぜそんなことを訊くのか。しかも、昨日、今日のことではなく、この半月のあいだのことを。

数日前に風邪をひいていたことを伝えたが、水野先生は、「数日前ですか、なるほど。ほかにはどうでしょう。たとえば、お腹の調子を崩したりしませんでしたか？　二週間くらい前に」とさらに訊いてきた。

思い当たることは特にない。おれは首を横に振った。

「そうですか。それでは、どんな些細なことでもかまいませんので、なにか思い出したら教えてください」

日めくりのカレンダーを頭の中で一枚ずつめくる。

七日前――なにもない。八日前――なにもない。九日前――なにもない。十日前――なにもない。十一日前――。

あった。

これが水野先生の言う、かわったことに該当するかはわからないが、十一日前、おれはたしかにかわったことをした。おれはその日の午前中、二宮クリニックでインフルエンザの予防接種を受けていた。

「インフウエンアのよオうフェっヒュをうエまヒた」

「インフルエンザの予防接種？　それはいつですか？」

「ヒュうろフにヒエす」

「今月の十六日ですね」

おれが首を縦に振るのを見た水野先生は、それ以上なにも訊いてこなかった。

検査結果の説明を受けるために、おれは小さい会議室のような部屋に移動した。机は部屋の形状にあわせて縦長のロの字形式に組まれている。

おれが車椅子のまま長辺の真ん中あたりに座り、向かいに水野先生と玉田先生が座った。おれの右隣には事務所に戻らず、ずっとつき添っていたカズさん、そして左隣にはちょうど玉田先生と向かいあう格好で七緒が座っている。

おれが部屋に入ったとき、七緒はひとり座って待っていた。

部屋に入った瞬間に見えた七緒のうしろ姿。車椅子に乗ったおれの模範的なつくり笑いを見る七緒の目。それが、ボロ雑巾を絞るみたいに、胸の奥のほうを強烈に締めつけた。

「それでは検査の結果をご説明します」

時間は午後八時をまわっていた。水野先生の声にあわせて、スクリーンにレントゲンとＭＲＩの画像が映し出される。

説明が聞こえるが、疲れているせいかほとんど頭に残らない。広い水面の真ん中に垂れた雫が発生させる微弱な波紋みたいに、鼓膜の振動は脳に届くより先に溶けてなくなってしまう。

おれはひとまず、結論さえ聞き逃さなければいいと思った。

画像の説明が終わった。結果は異常なし。

末梢神経伝導検査の結果は運動神経に異常あり、感覚神経は異常なし。手足が動きにくいおれからすれば、それは、今日一日の記憶をただなぞっただけの、大して意味のないことにしか思えなかった。

だが、実際はちがう。検査の結果はおれが病気であることを見事に証明していた。

舌と口が動かなくなる病気。まともに喋れなくなる病気。食べものをうまく食べられなくなる病気。手に力が入らなくなる病気。脚を引きずらなければ歩けなくなる病気。

「以上の検査結果から判断すると、岡田さんは、ギラン・バレー症候群という病気だと考えられます」

水野先生から言い渡された馴染みのないそれは、十万人にひとりの難病だった。

七緒に車椅子を押してもらい、指示された病棟に向かう。

『ギラン・バレー症候群は、運動神経が正常に機能しなくなり、からだが動かなくなってしまう病気です』

水野先生のことばが、耳の中で生々しくリピートする。

これまでに報告されているギラン・バレー症候群の原因には、細菌やウィルス感染、ワクチン接種などがあるらしく、インフルエンザワクチンもそのひとつだと説明された。

ギラン・バレー症候群の患者は、発病の十日から二週間ほど前に風邪や下痢の症状があったり、ワクチンを接種していることが多く、この半月くらいのことをさかのぼって訊かれたのはそのためだった。

感染やワクチン接種によって、からだの中ではそれらに対する抗体がつくられる。抗体は通常、体内に侵入した外来の病原体のみを攻撃し、体内の正常な細胞や組織を傷つけることはない。

ところが、ギラン・バレー症候群の場合、病原体やワクチンに反応して産生された抗体が、誤って自分自身の運動神経を傷つけてしまう。その結果、神経からの信号が筋肉に正しく伝わらなくなり、運動麻痺が起こる。

いわば、おれ自身の手で、自分を攻撃する兵隊を増殖させたようなものだ。

からだのどの部位がどのくらい動かなくなるかは、異常な抗体がどの運動神経をどれくらい傷つけるかによって決まるため、重症度はひとによってかなりバラつくという話だった。

明日から、免疫グロブリン静注《じょうちゅう》療法と血漿《けっしょう》浄化療法という、二種類の治療をおこなうことになった。しかし、これで傷ついた運動神経が治るわけではないらしい。治療の目的はあくまでも、これ以上、病気が進行しないようにすることで、治療は明日から二、三週間のあいだだけおこなうと説明された。

それでは、傷ついた運動神経はどうすれば治るのか。

水野先生によると、運動神経を回復させる治療法はないということだった。

〈じゃあ、おれのからだは、これ以上わるくならないのはいいとして、これ以上よくもならないってこと？〉

絶望的な考えが頭を占拠しかけたが、水野先生のことばでそれは即座に否定された。

『運動神経や感覚神経のような末梢神経は、時間が経てば自然と治ってきます。ですからこの病気は、一般的には数カ月か、長くても半年から一年で完治します。早ければ数日、あるいは数週間でよくなるひともいます。神経の回復具合にあわせて、適した負荷のリハビリをおこなうことも重要ですので、必要であればリハビリ専門病院への転院も検討したいと思います』

おれは心底、安心した。とにかく治る病気でよかった。でも、完治まで半年とか一年というのは長すぎる。せめて二、三カ月。できれば二、三週間で完治がいい。それでもじゅうぶん長いが、それくらいなら仕方がない。

病棟に到着すると、夜勤の看護師が病室まで案内してくれた。病室は四人部屋で、三つのベッドのカーテンは完全に閉まっている。案内してくれた看護師から、カーテンの開いている右手前のベッドを使うよう指示された。

車椅子をベッド脇に寄せてもらい、おれは立ち上がった。持ってきてもらったスウェットに着替えようにも、指がまるで使いものにならない。ベルトを外すのからなにから、七緒に手伝ってもらうしかなかった。

ベッドに腰を下ろす。七緒が買ってきたパックのリンゴジュースをのむが、すぐにむせてしまった。おかげで喉はまったく潤わなかったが、むせないように注意を払うのが億劫で、それ以上、のむ気にならなかった。

「じゃあ、また明日、来るからね」「うん」「おやすみ」「おアフウィ」

七緒のこころを気遣う余裕はなかった。疲れきっていた。

寝よう。きっと、これ以上は悪化しないから。なんとなくそう思っていた。なにも考えたくなかった。とにかく、濃厚すぎた今日を振りかえるのが、面倒くさくてたまらなかった。眠ってすべてを忘れたかった。

おれは気づいていなかった。

『一般的には数カ月か、長くても半年から一年で完治します』

無臭に思えた。病気だと言われ、しかも十万人にひとりと言われ、でも完治すると言われ、でも一年かかるかもしれないと言われ、思考の焦点がまるで定まっていなかった。だからにおいを感じとれなかった。異質なことばの存在に気づけなかった。

一般的には――。

きなくささを消し、うまく無臭を装ってなに食わぬ顔で混じっている、危ういことば。あぶれる人間は必ずいるのに、その事実を脳から排除できる、使い勝手のいいことばだ。十万人にひとりの特殊なケースでさえ存在する、一般的というカテゴリー。そこからあぶれるなんて異例中の異例だ。だが、必ずいる。何百万人にひとりだろうが何千万人にひとりだろうが、そういう人間は必ず出てくる。

明確な境界線が引かれているが、それはだれにも見えない。だれにもさわれない。けれど、だれもがその境界線の位置を知った気でいる。おれも当然そうだ。息を吸えば吐き、吐けばまた吸うのと同じくらいのたしかさで、自分はその線のこっち側の人間だと思っていた。

翌朝、午前六時。夜勤の看護師の呼びかけで目を覚ます。はじめて病院で一夜を過ごしたが、ぐっすり眠ることができた。

「岡田さん、どうですか？」

看護師に返事をするために起き上がる――起き上がれない。

両腕、両脚が動いてくれない。昨日、寝る前より状態は悪化していた。首を振る以外、どこも動かせない。ベッドの上で体勢をかえるのは不可能だった。

「大丈夫ですか？」

看護師に上体を起こしてもらう。「なにかのみますか？」

頷くと、看護師は昨夜から置かれたままのリンゴジュースを取り、ストローを口まで近づけてくれた。ひと口ぶんのリンゴジュースは、そうなるのがさも正しいことのように気管に流れ落ちた。慌てて咳き込む――咳き込めない。咳が出せない。荒っぽく息を吐き出すことしかできない。

おれは、看護師の助けを借りて横になった。しばらくすると、看護師が「絶飲食」と赤字で書かれた札を持って部屋に入ってきた。その札はだれが見てもわかるように、おれの頭上の壁面に仰々しく吊り下げられた。

午前十時。女性看護師ふたりが部屋に入ってくる。看護師はおれのスウェットを手際よく脱がせ、病院指定の病衣を着せた。そのまま、おれの股間を露出させ、「それじゃあ、これから尿道カテーテルを挿入しますね」と言って、チューブを尿道にねじ込んでいった。首しか動かないから、自力ではもちろん、看護師の手を借りてもトイレには行けない。それに、ナースコールを押して尿瓶を持ってきてもらうこともできないのだから、情けなくても受け入れるしかない。

カーテンの向こうで同部屋の患者らが喋っている。

「あいかわらず、メシはうまくないネエ。おかげで痩せちゃったヨオ」

「オレひとり暮らしだから、空き巣とかが入ってないか心配なんだワア」

「手術したらすっかりよくなりましたヨオ」

「内科の病気なんて、治るまで何年もかかるんだってナア」

いらつく。

薄いカーテン一枚。向こうは、ばかみたいにでかい声で喋るふつうの病人。こっちは、意味不明な音が口から出るだけの首振り人形。なんでおれがこっちにいる。こっちとそっちはなにがちがう。

午前十一時半。しばらく前から呼吸が整わない。なにもしていないのに息が上がる。

息苦しい。

大きく息を吸い、ゆっくりと吐く。脳とからだの全機能を惜しみなく費やして、口もとに漂う空気を吸い込み、愛おしむように吐く。重症の場合、呼吸筋が麻痺し、呼吸ができなくなる場合もあると言われていたことを思い出した。空気は目の前に無限にあるはずなのに、全力で吸い込んでもからだは満たされない。いまの全力は昨日までの無意識に遠くおよばない。

苦しい。

看護師を呼ぼうにもナースコールが押せない。「助けて」と大声を出す以外ない。助けてはやりすぎか。「すみません」くらいにしておこう。こんな状況でも体裁が気になる。ナースステーションには届かなくても、廊下にいる看護師には聞こえるはずだ。先に同室のだれかが気づいて、看護師を呼んでくれてもいい。

看護師を呼ぶ――呼べない。声が出ない。腹に力が入らないからか。空気をまともに吸えないせいか。発声するための筋肉が麻痺してしまったのか。理由を探してもしようがない。とにかく声が出せない。

恐怖で呼吸が乱れる。いま呼吸筋が完全に麻痺したら、だれにも気づかれず死んでしまう。おれは、微量の空気を吸って吐きながら、ただ怯えるしかなかった。

午後二時。七緒が病室に入ってくる。

まわらない呂律で七緒を呼ぶが、ただのか弱い音は、七緒に届くよりずっと手前で空気と混じって見わけがつかなくなった。

だが、そんなことはもうどうでもいい。七緒がいれば、呼吸が停止する前に看護師を呼んでくれる。こんなに嬉しいことはない。なにより、眠っているあいだに呼吸困難にならなかったなんて、おれはきっと運がいい。朝になるまで、病気が呼吸筋に手をつけなかったことに、感謝したい気分だ。

症状は悪化する一方なのに、状況が好転しているかのように錯覚する。三時間近く、目の前にちらついていた孤独な窒息死の恐怖が消えた反動か。マイナスとマイナスを自覚なく掛けあわせ、危うい現状をプラスに改ざんしていく。

しばらくすると、唾液が口の中に溜まりはじめた。

唾液がのみ込めない。むせるからではない。単純にのみ込めない。のみ込むために必要な口や喉の筋肉が動かないのだ。溜まった唾液を垂れ流す。大量の唾液を垂れ流す。それを七緒に拭きとってもらう。何度も何度も拭きとってもらう。

午後四時。必要な酸素を確保するために、四〇〇メートルトラックを全力で一周した直後みたいな呼吸で、どうにかやり繰りしていたが、いよいよ自発呼吸だけでは危険と判断され、おれは人工呼吸器をつけるために手術室へ向かった。

◆

不快な夢を見る。どぎつい色ばかりの鋭利な破片が模様をつくる。その幾何学模様は万華鏡のように刻々と変化する。うっとうしい。吐き気がしてくる。

おれは目を開けた。目は開けられた。

「瑳久くん？」

七緒の声がする。声のほうを向く——向けない。からだはまったく動かない。眼球を声のほうに動かす——眼球を動かすことはできた。七緒が顔を近づけてくる。

手術室で全身麻酔をかけられ、人工呼吸器の管を挿入されたあと、集中治療室に運ばれた。そのことを理解するまでに数秒を要した。

「瑳久くん？」

まだ麻酔が残っているせいか、意識が朦朧とする。おれはもう一度、目を閉じた。

冬樹がつかまり立ちしているところ。七緒がキッチンに立ち、小気味いいリズムで料理をつくっていく姿。離乳食を食べない冬樹。せっかくつくったのに、とぼやく七緒のふくれ面。冬樹が遊ぶうしろ姿。仕事から帰ると嬉しそうにハイハイで近寄ってくるところ。おれが重ねた積み木を、崩すのが楽しくてしようがないという大きな黒目。抱っこしないと寝ない冬樹。七緒が歌う子守唄。寝たと思ってベッドに横にすると、目を開ける冬樹。力つきて冬樹より先に寝てしまう夜。目覚ましの一時間前に冬樹が起きはじめる朝。どっちが一緒に起きてやるかという夫婦の無言の駆け引き——朦朧とする中で浮かんでくるのは、いつもの光景ばかりだった。

裸の人間が絡みあって浮かび、回転軸を不規則にかえながらゆっくりとまわっている。質感は、ろくろの上の濡れた土のようにも見えるし、極度に粘性の高い液体のようにも見える。絡まるふたりの人間の片方が、もう一方をからだ全体で取り込んでいく。ひとりの人間の腹のあたりから別の人間が出芽してくる。肌の色、国籍、性別、体型、年齢、人数が緩やかにかわっていく。大人もいる。赤ん坊もいる。不気味で気色がわるい。

目を開ける。

「瑳久？」

母親の声がする。眼球を動かし、声のほうを見る。母親がパイプ椅子に座っている。その横に父親がいる。

〈わざわざ実家から来てくれたのか？　そうか、七緒が連絡してくれたんだな。新幹線で来たのか？　いや、飛行機、かな、たぶん〉

「寝んねしなさい」

小さい子に語りかけるように父親が言った。ずいぶん恥ずかしい言い方だ。だれかに聞かれたら洒落にならない。そう思いながらも、おれは言いつけを守って目を閉じた。

あの日、あのまま家に帰っていたら——。

運がよかったのかもしれない。カズさんが体調を気にかけてくれたから、カズさんの弟が市立病院の先生だったから、カズさんの事務所で働いていたから、そのきっかけとなった雑誌のインタビュー記事を読んだから。そういうものがいまこの一点に収斂して自分が生きていられるのなら、おれは感謝すべきなのかもしれない。

だが、たとえそういう感謝すべき運命みたいなものがあったとしても、少なくとも父親と母親は、そんなものを背負わせるために生んでくれたわけじゃない。抱き上げてくれたわけじゃない。未来を描いてくれたわけじゃない。

だから、幸せのほうに傾いていた天秤の、不幸せの皿のほうに、なんの断りもなく重たい絶望の塊を載せられたことが、どうしても納得いかなかった。

知らないだれかの声が聞こえる。

「ねえー！　目開けてよおー！　ねえー！　起きてくれよおー！」

夢だろうか。泣きながら叫んでいる。

そうか。だれかが死んだのか。ここは集中治療室だから。

けれど、こころがまるで痛まない。それよりも眠くてしようがない。悲痛な叫び声が聞こえているのに、おれは平気で目を閉じる。ほんの数メートル向こうでだれかが死んだかもしれないのに、それよりも眠気を優先する。

　右手が動きはじめた。握力はまだまだだが、拳をつくることができた。指と指がふれる感触がある。爪が手のひらに当たっているのがわかる。嬉しくてたまらない。

　そのとき、金属の当たる音が聞こえたような気がした。

〈なんの音だ？〉

「ごめん、起こしちゃった？　ちょっと前に来たんだけど、よく寝てたから」

　七緒だ。右手が動くようになったことを教えてあげないと――動かない。趣味のわるい夢だった。現実はなにもかわっていない。おれのからだは夢の中でしか動かない。

　おれは、ありもしないことに浮かれた自分をひどく恥じた。そして、そんなことを七緒が期待しているわけがないのに、七緒を喜ばせてやれなかったことを、勝手に申しわけなく思った。

「じゃあ、早速だけど、昨日の約束どおり、足裏のマッサージがてら、かかとの角質も一緒にきれいにしていくね。気持ちいいよお」

　七緒が、わざわざ買ってきた大きめの洗面器に湯を入れ、おれの足もとに置く。湯がこぼれてもいいように、洗面器の下にはバスタオルと大人用おむつが二枚、敷かれている。

サイズと吸水性が申しぶんない大人用おむつは、こういうときに重宝するようだ。

湯におれの足をつけ、ふやけた角質と垢をこすり落とすように、七緒が親指をゆっくり押し滑らせる。筋肉がほぐれていくだけでなく、指の動きにあわせて皮膚が引っ張られる感触がなんとも言えず心地いい。からだが動かないと皮膚も伸縮しないという当たり前のことを、おれはこのときはじめて認識した。

「よし、だいぶきれいになった。どう？　気持ちよかったでしょ？」

七緒が顔をのぞき込んでくる。おれは長めに目を閉じる。時間にして二秒弱といったところだ。

七緒はよかったと笑い、洗面器を片づけはじめた。

おれにできる動作は三種類しかない。

目を開ける、眼球を動かす、目を閉じる。これだけだ。

この三種類を駆使して伝えられる情報量は限られている。だが、少なくともゼロではない。もし、目を開ける筋肉まで動かなくなっていたら、おれの中と外は完全につながりを失うところだった。そうなれば、おれが死んでいないことを証明するものは、ベッド脇のモニターに表示される心臓の波形と数値だけになっていただろう。

だが、おれはいま、幸いなことにゼロではない。

たったひとつの決めごと——肯定のときは、まばたきをする。それだけで、頼りない動作に価値が生まれた。

アレンジも可能だ。目を閉じている時間を長くすれば、強い同意や感謝を表現できる。目を大きく見開くのは難しいが、ゆっくりでも頻回にまばたきすることで驚きを表すことができる。さらに白目を剝けば、その驚きが気絶するほどであることを伝えられるし、うまくいけば七緒に笑ってもらえる。

「かかとの角質、定期的にやろうね。入院する前はきれいだったと思うんだけど、なんだろうね。代謝が落ちてるのかな」

かかとに保湿クリームを塗り終えた七緒が、ベッド脇に椅子を運んでくる。「さて、つぎは指、いこうかな」

そう言って、七緒がおれの手を取る。

『人間の関節や腱は、長期間動かせない状態がつづくと、硬くなって動く範囲が制限されます。それを拘縮《こうしゅく》と言うんですが、拘縮した関節を無理に動かすと激しい痛みを伴うようになります。それに、一度拘縮してしまうと、もとに戻すには長期間のリハビリが必要になります。下手をすると、固まったまま治せなくなることもありますので、奥様には拘縮予防のために、岡田さんの手足の関節をできるだけ動かしてあげてほしいんです』

入院してすぐに水野先生から言われたとおり、七緒はほぼ毎日、おれのからだを動かしてくれている。

七緒に曲げ伸ばされる指を見ながら、おれはその動きにあわせて、自分でも指を動かそうとする。動かせる、動かせないではなく、動かそうと意識することが回復する上で大切なことだと、水野先生から言われていたからだ。

七緒の手を間近に見て気づく。

これか――。

今日、七緒が動くのにあわせて聞こえていた、軽い金属音。

「どうした？」

おれは、七緒の左手と顔を不自然なくらい交互に見て訴えた。「あ、これ？」

それは、ふたつの指輪が当たる音だった。

「瑳久くんの結婚指輪。人工呼吸器をつけて手術室から戻ってきたときにね、看護師さんが渡してくれたんだ。指がむくんだり、血流がわるくなるとアレだから、入院中は外しておいたほうがいいみたい」

七緒が、左の薬指に不格好に重ねづけした、サイズのまったくあっていないおれの指輪を見せて笑う。「だから、わたしがはめておくね。お守りみたいなもの、かな」

急ごしらえした笑顔に透けて、七緒の不安がくっきりと見える。

どうしてあげるのが正しいのかわからず、おれは無責任に目を逸らした。

ギラン・バレー症候群になったこと、からだがまったく動かないこと、声を出せないこと——受け入れがたい現実を口実にして。

第二章　黒雲

二〇一〇年、十一月下旬——発症後、一カ月。

か弱いけれど、右足の親指、舌、首が動きはじめた。右手の親指も動くようになったが、しばらくするとなぜかまた動かなくなった。

首を動かせる範囲は、縦横どちらも一センチくらいのものだったが、それでも首を振って意思を伝えられるようになったし、なにより、タッチセンサー式ナースコールを使えるようにもなった。

ナースコールといえば、手で握り込み、親指で押すタイプが一般的だが、おれのように手が使えない患者は、からだのどこかが少しでもふれればコールできる、タッチセンサー機能つきのナースコールを使う。おれの場合、それを頬骨から一センチほど放してセットしてもらうと、首をほんの少し横に振るだけでナースコールにふれることができる。ほんの少しといっても、それがおれの全力なのだが。

この一カ月、だれかがベッドサイドに来てくれない限り、おれはだれともつながれなかった。すぐそばを行く医師や看護師に気づいてもらいたくて、動かせるところを全力で動かしてみたが、それは所詮、ふつうの人間で言えば動いていない状態でしかなく、気づいてもらえるはずがなかった。

それがいまや、首を一センチ動かすだけで集中治療室全体にコールが響き渡り、看護師がベッドサイドまで来てくれる。

だが、せっかく来てもらっても、おれは声が出せない。声を出すためには、呼吸が正常にできることが大前提だが、発声にかかわる種々の筋肉の働きも重要だ。つまり、呼吸筋と発声筋が麻痺しているおれに声を出すことは不可能であり、それらの機能が回復するまで待つほかない。

だから、看護師とやり取りするときは文字盤を使う。Ａ３サイズの透明なボードに、平仮名の五十音表、０から９までの数字、濁点、半濁点、長音符が書かれている文字盤を使って、看護師と会話するのだ。

文字盤の五十音表はおれから見て右端があ行、左端がわ行になるように書かれている。それぞれの行の最下段は、「お」の下に「１」、「こ」の下に「２」、「そ」の下に「３」という具合に数字が横に並ぶ。や行とわ行は特殊で、や行は「や」の下が濁点で、そこから「ゆ」「半濁点」「よ」「８」とつづく。わ行は上から「わ」「を」「ん」「長音符」とつづき、一マス空けて「０」がくる。

これを使って、一文字ずつ丹念に指定していく。

たとえば「ぬ」を指定する場合、まずは看護師に「あ、か、さ、た、な」と、どの行の文字かを一行ずつ指差しながら訊いてもらう。そして、「な」のところで頷くと、な行の文字であることが伝わる。つぎに「な、に、ぬ」と指差しながら、どの段の文字かを訊いてもらって、「ぬ」のところで頷くという具合だ。

とにかく時間がかかる。看護師がそれまでのやり取りを忘れてしまい、はじめからやり直すこともザラで、なんなら二文字目で「一文字目、なんでしたっけ？」と訊かれることもあった。

だが、おれは腹を立てない。文字盤を使ってもらうほか、おれには思いを伝えるすべがない。おれは、これが共同作業であることをだれよりも理解していた。

だから、タオルケットをかけてもらいたくて「た」「お」「る」「け」「つ」「と」と伝えたのに、「えっ？　タオル蹴っ飛ばすんですか？」と、個性あふれる誤解で勝手に困惑している看護師に対しても、感謝こそすれ、いら立つことはなかった。

集中治療室は本来、慣れるような場所ではないはずだが、それでもリズムみたいなものがつかめてきた感じがするのは、集中治療室が板についてきてしまった証拠だろう。

看護師は一時間半から二時間おきに必ず来てくれる。ずっと同じ姿勢で寝つづけて、床ずれができたりしないように、おれの寝ている向きをかえるためだ。からだの向きだけでなく、なるべくおれが苦痛を感じなくていいように、手足の位置、肘や膝の角度などを細かく調整してくれる。

そこから二時間、動けないおれはその格好のままだ。

眠れなければ、時間が過ぎるのを一秒、一秒、ただ漫然と待つしかない。五十円のお釣りが、自動販売機から一枚、一枚、十円玉で落ちてくるのを眺めるときみたいに。眠れれば二時間なんて一瞬だが、眠ると夢を見てしまう。いい夢もわるい夢も、おれを辟易させた。

からだよりひとまわり小さい箱に押し込められて動けない。陸橋の上から突き落とされそうなのに、助けを呼ぼうにも声が出ない。恐怖で目を覚まし、夢の中でも動けない自分が惨めになる。

手が動くようになった夢。歩けるようになった夢。なにごともなかったように生きている夢。動ける夢を見るたびに、こころが濁っていく気がする。

こんなので、生きてるって言えるのかな——。

電気のスイッチを消すみたいに、人工呼吸器のスイッチをオフにするだけで、お手軽に消えてしまう自分の命の価値がわからなくなる。ざらめから綿菓子をつくるように、不安は胸の中で急激に膨張し、心臓のまわりに粘っこく巻きついていく。

そうなると、おれは二時間を待たずナースコールにふれてしまう。看護師に来てもらって、少なくとも、自分の命に覚えてもらえるだけの重みがあることを実感するために。

看護師がやってくる。おれは目を閉じる。別に看護師とやり取りするつもりはない。前に、「ね」「む」「れ」「な」「い」と正直に伝えたら、さっさと寝てくださいよと背中であしらわれた。だからといって、不安だからひとりでいたくないとか、そばにいてほしいなんて、格好わるい本音を晒したくはない。

看護師が顔をのぞき込んでくる。おれは眠ったふりでやりすごす。ナースコールが頬から一センチしか離れていないから、寝ているあいだに無意識にふれたのかもしれない。そう思ってくれるはずだ。

看護師の足音が遠ざかるのを、息を潜めてじっと待つ。

おれは覚えられていたことに満足する。看護師には申しわけないと思わなくもないが、それも、コンビニの店員が笑顔でよこしてきたレシートを目の前で捨てるときに感じるのと同じくらいのものでしかなかった。

眠れないとき、不意に点滴のアラームが鳴ると、おれの胸は高鳴る。薬液の交換や点滴チューブの不具合の調整のために看護師が来てくれるからだ。呼んでもいないのにわざわざ来てくれる。おれのためだけに。点滴のアラーム音が、ご褒美のはじまりを高らかに告げるファンファーレに聞こえて、おればばかみたいに浮かれた。

どんなかたちでも、看護師に会えれば不安は薄まった。そこからは、目の前の写真の中にいる横顔の冬樹を思い、退院後にやりたいことを想像し、これまでの幸せなできごとを思い出す。そうやって、できるだけ長く不安を低濃度に保つよう、こころがけた。

退院後のことを想像するときは、時期をぼかすように気をつける。予定表に書き込むようなまねをすると、それまでに退院できない可能性を、いやでも考慮しなければいけなくなる。また今度。いつか都合のいいときに。そんな社交辞令のような感覚で、退院後を思うくらいがちょうどよかった。

幸せなできごとを思い出すときは、記憶の鮮度や強度について特に慎重になった。たとえば、七緒との結婚式や冬樹が生まれた日のことを思い出すのは、つづいていくはずの幸せを失ったことが際立ち、一番よくない。とはいえ、闇雲に記憶を掘り下げても、期待するような思い出に当たるより先に不安の濃度が増し、気づけば頬がナースコールにふれている。

いまとのつながりを気にせず、ひとごとに近い感覚で思い出せるような、無害で幸せな記憶を見つけるには、子ども時代まで一気にさかのぼるのが有効だった。

もちろん、子ども時代であればなんでも、というわけではない。たとえば、両親を登場させるのはまずい。『小さいころはあんなに元気だった瑳久が、どうしてこんなことに』という、ふたりの思いを考えないわけにはいかなくなるからだ。

四歳か五歳のころ、夕暮れどきに母親を連れて裏の空き地へ行き、草と葉っぱと木の実のご馳走を振る舞うと、母親がそれをおいしそうに食べてくれた。

たとえばこういう、なんということないのに、少し肌寒かったことや夕焼けの感じまで覚えているような思い出は、厳重な管理のもと記憶の底に沈めておく。たとえ一瞬でも、浮かび上がらせるわけにはいかない。

それから、同級生とのことを思い出すのもよくない。楽しい記憶の中にまぎれるケンカやイタズラ、嘘、わる口、仲間はずれ。そういう、きっとだれにでもある大小さまざまなささくれが、『そういうことをやってきたから』と、ギラン・バレー症候群になった正当な理由と化してくるからだ。

それでも、子ども時代は幸せではじまり幸せだけがつづく記憶の宝庫だった。中でも、小学校の夏休みに山あいにある父親の実家で、一歳年上の従兄弟、蓮《れん》ちゃんと遊んだ記憶はとっておきだ。

――早生まれの蓮ちゃんとおれの誕生日は二カ月しかかわらない。むしろ、おれのほうがからだは大きいし、力もあるし、走るのも速かった。蓮ちゃんは毎年、児童小説を何冊も持ってきていて、放っておいたら秋になるまで本を読みふけってしまいそうなくらい、本が好きだった。

もちろん、そうなっても不都合なことはなにひとつないのだが、おれはなぜか、蓮ちゃんを本の中から太陽の下に連れ出すことを、自分の使命みたいに感じていた。ずいぶん迷惑な思い込みだが、それでも蓮ちゃんは、遊びに行こうと誘えばすぐに本を閉じてついてきてくれた。蓮ちゃんを引き連れて夏のど真ん中を歩くとき、おれは仲間を救い出した勇者みたいに、とてもいい気分だった。

まずはウォーミングアップがてら、近くの寺でアリジゴクを捕まえる。大きな巣に小さなアリを入れ、小さな巣に大きなアリを入れ、最後は指を入れてアリジゴクをかき出した。

そこから寺の下を流れる川に向かい、釣果の期待できない魚釣りをしながら、模様のきれいな石を拾う。夢中になりすぎて、気づいたら蓮ちゃんが白磁と青磁の中間みたいな顔色で、壺みたいにじっと座り込んでいたことがあった。どうやら日射病になったらしく、あとで叔父さんにずいぶんと叱られた。

叔父さんが買ったばかりのビデオカメラを持ってきたときは、叔父さんの脚本で教育番組風動画を撮影した。蓮ちゃんからカツアゲした罪で、サングラスをかけたおれが私服警官役の叔父さんに現行犯逮捕され、警察に連行されるという直球勝負のストーリーだった。散歩の途中、水路で体長四十センチくらいのワニらしき生物を見つけたときは、冒険ものの小説に入り込んだみたいで、さすがに震えた。水草の陰にいるそれを、おれたちははじめ魚だと思っていたが、棒でつついたときに動いたフォルムはワニにしか見えなかった。おれは蓮ちゃんに見張りを頼み、全速力で捕獲用の餌と網を取りに戻った。餌はわかりやすく、お中元のハムだ。塊を丸ごと凧糸で縛り、目の前に吊るした。だが、いっこうに食いついてこない。肉食のくせに。

意を決して網での直接対決に打って出る。ワニの前方、斜め上方向から一気に網を振り下ろすが、うまくかいくぐられてしまう。それでも、逃げるワニの下腹のあたりを、網の縁でどうにか押さえ込んだ。だが、凄まじい力で荒れ狂うワニは、いくら小型だといっても、小学生が安ものの網一本でどうこうできる相手ではない。網を跳ねのけ、巻き上がる砂に紛れ、ワニはどこかに消えてしまった。

珍しく、家の中でトランプのピラミッドづくりにはまったこともあった。二枚のトランプの短辺をあわせ、「∧」のかたちにした一段ピラミッド。同じ高さの一段ピラミッドをふたつ隣接して並べ、それらの上端同士をつなぐようにトランプを一枚上に載せる。そうしてできる台形の上にピラミッドをひとつ積んだのが、二段ピラミッドだ。同じ要領で三段、四段と積み上げ、ひととおりピラミッドづくりを満喫した。

そこから、おれたちの興味はなぜか、一段ピラミッドの上にトランプを載せて「ㅈ」のかたちをつくれるか、という方向にシフトした。トランプ二枚ぶんの厚みしかないピラミッドの上端に、どれだけ絶妙なバランスでトランプを載せられるかが肝で、むしろ卵を立てるのに近い。何度かトライしたが、おれにはできなかった。そして、こんなことはだれにもできっこないと簡単に結論づけた。

ところが、蓮ちゃんはあっさりやってのけた。四十一枚のトランプを使って。トランプ二十枚を分厚い一枚のトランプのように扱い、頑丈な一段ピラミッドをつくったのだ。トランプ二枚のピラミッドだと上端は「線」だが、四十枚のそれはもはや「面」だ。こうなれば、トランプを一枚上に載せるのに、コツもなにもない。安定して立ちつづけるそのピラミッドは、まさにコロンブスの卵だった――。

蓮ちゃんと最後に会ったのは一昨年、おれの結婚式のときだ。いつからか、親戚の行事で数年に一回、会えればいいほうになってしまった。元気だろうか。いや、余計なお世話か。ひとの心配してる場合じゃないでしょって言われそうだ。十万人にひとりのおれよりは元気に決まっている。

蓮ちゃんは、あのころのことをどんなふうに記憶しているのだろうか。大好きな本を読ませてもらえず、暑い中を引きずりまわされて日射病になった、ひどい思い出でなければいいが。いい機会だから、退院したら訊いてみよう。もしそうだったとしても、温度差は笑ってごまかせばいい。

　ワニはどうだろう。冷静に考えれば日本の山あいにワニが潜んでいるはずないが、子ども時代の思い出に冷静さはいらない。あれはまちがいなくワニだった。おれはいまでもそう信じている。蓮ちゃんもきっとそうにちがいない。蓮ちゃんに会って昔の話をする――退院したらやりたいことに入れておこう。

　おれに、蓮ちゃんくらいしなやかな発想力があれば、いま感じている不安の消し方くらい、簡単に思いつくのだろうか。いや、それなら蓮ちゃんに頼むほうがいい。思いもよらない方法で不安を消してもらえたら、びっくりしてベッドから飛び起きられるかもしれない。そうなれば、一石二鳥――やめておこう。勝手に思い出しておいて虫がよすぎる。ごめん、蓮ちゃん。忘れてくれ。

　毎日のように見舞いに来てくれた七緒は、文字盤のスキルが異常なほど向上していた。おれの視線だけを頼りに、指定する文字を瞬時に読み取り、数個の文字を読み取っただけで、おれの性格や口癖をもとに、文章全体をかなりの精度で言い当てることができるようになっていた。

七緒の趣味が「岡田瑳久の行動観察」だったからこそである。

たとえば、おれが話のあちこちに散りばめる妙なアクセントを拾い上げることは、七緒にとって日課のようなものだった。

歩くときは右腕にくらべて左腕の振りが小さいことも、七緒に言われてはじめて知った。ご飯はよく噛むのに麺はほとんど噛まずにのみ下すことも、立っているときに太ももから股間のあたりを定期的にさわる恥ずかしい癖も、テレビの音量を設定するときに素数を嫌うことも、全部、七緒が教えてくれたことだ。

だから、声が音にならなくても、おれの頭の中に並ぶ文字列をすくい上げることくらい、七緒にとってはわけもない作業だったのだろう。

七緒のスキルは看護師や医師も舌を巻くほどで、「愛あればこそですねえ」と言われたときには、鼻を鳴らしたい気分だった。

だが、七緒の躍進のそばで、おれのからだは停滞していた。強いて言えば、口や舌の動きがよくなってきたかもしれない程度だ。

感覚のほうはかわらず正常だったが、入院してからというもの、自分の意思で手を動かし、なにかにふれるということをしていなかったせいで、感触が知らぬ間に手からこぼれ落ちていた。

そのことにはじめて気がついたのは、看護師に体勢をかえてもらっている途中、金属製のベッド柵に手がふれたときだった。鋭利な冷たさに対して驚きと新鮮さを覚え、金属の感触を忘れていたことを自覚した。

気に入って使っていたコットン一〇〇パーセントのタオルの肌ざわりも、冬樹のすべすべした優しい肌の感触も、見事なくらい思い出せなくなっていた。

だから、七緒や両親が指を動かしてくれるとき、おれはその手の感触に浸った。自分の意思で指を動かせなくても、手を握ってもらえれば、やわらかな温度をたしかに実感できた。

ただ、父親の手にだけは、いつも冷たい緊張が混じっていた。

こういうことに関して、父親は笑えるほどビビる人間だ。七緒と母親は、特に躊躇する様子もなく、指を可動域全体に渡って動かしてくれる。だが、父親にとってそれは手に汗握る行為なのだ。本人としては、息子の指を痛めるわけにはいかないという、一種の愛情なのかもしれないが、残念ながら、単なる臆病かよほどの不器用にしか見えない。

結局、あるときから父親は、指を動かすには動かすが、短時間で切り上げるようになった。そして、残りの時間を、中指の腹から手首に向かって、おれの手のひらを爪でまっすぐ引っかくことに費やしはじめた。

なにをしているのか訊いてみると、おれの運命線が延びないものか、トライしているということだった。父親の話では、豊臣秀吉が、ただでさえ長かった自身の運命線を刀で彫ってさらに延ばしたという逸話があるらしく、つまりは天下人の運気にあやかろうとしていたのだ。

実際のところ、臆病で不器用な父親の選択肢は限られている。だがそれは、程度の差こそあれ、七緒や母親にとっても同じことだ。劇的な回復に直結する手段がない以上、家族ができるのは、昨日と今日、今日と明日をくらべて、おれの状態が少なくとも悪化しないように維持することくらいだ。

そういう意味では、父親がベッドサイドにいてくれるだけで、少なくともおれは安心できた。なにをしてくれても構わなかった。なにもしてくれなくても構わなかった。

なにより、自分も冬樹の父親としてよくわかっていた。爪で運命線を延ばそうという無謀な挑戦、これが定年を過ぎた人間が真剣にやるようなことか——やるようなことなのだ。

たとえば、脚を取りかえるという選択が許されるなら、父親は両脚を差し出すだろう。ひとかけらの臆病さも見せずに。だが、それはできない。とはいえ、回復を願うだけではなんの足しにもならない。つまり、父親は絶望的に手持ち無沙汰だったはずなのだ。だからこそ、おれは乗った。ないに等しい選択肢の中から、父親が選び抜いた運命線延長作戦に。

もちろん、こころおきなく乗っていたわけではない。入院して一カ月以上が経過しても、回復らしい回復を見せられないでいることに、責任を感じていたからだ。

両親が支えてくれることへの感謝に、そうさせることへの罪悪感がつきまとう。「ありがとう」なのか「ごめん」なのか、おれは決めかねた。結局は、コインの裏表を当てるような感覚で、後者を選択した。

「ご」「め」「ん」と伝えると、謝る必要はないと言われた。言われてすぐ気づく。マニュアルどおりのやり取りだと。そう答える以外ない。どこの親が、こんなことさせられて本当に迷惑だ、などと言うものか。

だが、つづく父親のことばで、罪悪感は一斉に遠のいた。

「嬉しいことなんだから。瑳久にもそのうちわかるだろうけど、親が子どもの手を握ってやれる時間はそう長くない。当たり前だけど、瑳久の手を握ってやるなんてもうないと思っていたからね。だから、感謝しているくらいだよ」

上質なコットンのタオルでくるまれたみたいな気分だ。ただ、どうにもならない照れくささのせいで、そこらじゅうにむず痒さを感じる。ふつうの人間なら、だらしなくはにかんだ表情を浮かべるだろうが、おれに限ってそれはない。

「十万人にひとり」にものを言わせ、おれは無言と無表情を貫いた。

◆

二〇一〇年、十二月下旬――発症後、二カ月。

おれはストレッチャーに乗って病院の外に運ばれた。二カ月前の秋は、知らないうちに冬にかわっていた。

午前九時。これからリハビリ病院に転院するのだ。水野先生からは、少しずつ動きが出はじめたこのタイミングでリハビリを積極的におこなうことが、運動神経の回復にプラスに作用する可能性がある、と言われていた。

窓枠のない空、エアコンのフィルターをとおさない空気。おれは、救急車に乗り込むまでの数メートルを満喫した。

リハビリ病院での入院は、年明け一月いっぱい、約一カ月という期限つきだ。リハビリ病院が所有する人工呼吸器は二台。そのうちの一台は使用中で、空いている一台も、二月に入院してくる患者が使うことがすでに決まっていたから、期限つきになった。

それまでに呼吸機能が回復し、人工呼吸器が不要となれば、リハビリ病院で入院を継続することができる。回復しなければ市立病院の重症者病棟に再転院という方針だった。

人工呼吸器をつけたまま市立病院に戻ってくるつもりはない。戻ってくるのは退院したとき。嘘みたいに元気になった姿を見せにくるときだ。おれはそう意気込んでいた。

リハビリ病院に到着し、救急車から降りると、視界は建物の屋根で遮られていた。こうなると、仰向けで寝たまま動けないおれは、病院の外観を知ることができない。ストレッチャーが動き出すとすぐに病院の中だったから、救急車が入口の屋根の下に停車していたことまではわかる。だが、病院の正面玄関から入ったのか、搬送口から入ったのかはわからなかった。

天井が流れていく。しばらく真っ直ぐ進み、右に曲がり、少し進んだところでとまった。エレベーターに乗るらしい。中で入口横のボタンを見ようとしたが、無理だった。病院が何階建てなのか、何階のボタンが押されているのか、わからないままだ。

ドアが開く。エレベーターを降り、右に進んですぐが病室だった。エレベーターの音声を聞いて、おれはここが三階だと知った。

リハビリは、転院したつぎの日からはじまった。

作業療法、理学療法、言語療法の三種類のリハビリをそれぞれ一時間ずつ、一日に三時間、ベッドに寝たままおこなう。

作業療法の時間は、経験年数が五年とは思えない高校一年生のような童顔の土居謙仕さんが、指と腕の関節をひとつ残らず入念に動かしてくれる。理学療法では、時代なり国籍なりがちがえば豪傑として名を残しかねない風情の大柄な中《なか》谷《や》真《まこと》さんが、腰から足先までのすべての関節を動かしつづける。

高校生と豪傑が同い年と言われたときには、耳を疑った。

リハビリ病院に転院したからといって、いきなり筋トレさながらのリハビリがはじまるわけではない。動かしてもらうのにあわせて、自分で動かしているふりをしても、土居さんと中谷さんの手から離れたおれのからだは、途端にベッドシーツと化すのだ。アスリートが怪我から復帰するためにやるような、負荷の大きいリハビリができるはずない。

つまり、病院がかわっても、優先されるべきは関節や腱の柔軟性を保つことだった。それでも、土居さんと中谷さんはおれの手足をただ動かすのではなく、傷ついた運動神経が修復し、もとどおり筋肉を動かせるようになったときを想定してリハビリを進めてくれた。

「立っているときは膝がしっかり伸びないといけませんが、座るときには逆にこれくらい曲がらないといけません」「立ちあがるときには足首がこれくらい曲がりますからね」「歩くときは――」「ものを握るときは――」「ご飯を食べたり、顔を洗ったりするときには――」

発症から二カ月が経過しても望んだような回復を実感できていないおれにとって、ふたりが完治を前提としてくれるのは、ありがたいことだった。

言語療法を担当する言語聴覚士の松見理恵《まつみりえ》さんは、土居さんと中谷さんの一年先輩だ。松見さんはよく喋る。よく喋るが、量のわりに内容は薄い。というか、ほぼないと言っていい。だから、お腹いっぱい話を聞いたはずなのに、しばらくするとどんな話をしていたのか思い出せなくなる。言ってみれば、水道水で満腹にさせられる感じだ。

よく喋る松見さんは、よく笑い、よく食べる。そんな彼女にとって、言語障害や摂食障害などのリハビリをおこなう言語聴覚士はまさに天職と言えた。

松見さんの一時間は、まず顔全体をマッサージし、この二カ月ほとんど動かせていない筋肉をほぐすところからはじまる。それから、口の中に指を入れて頬を内側から広げ、そのままの流れで舌のマッサージに移る。

言語療法の担当が松見さんでよかったと、おれはつくづく思った。中谷さんみたいな豪傑のマッサージでは指が顔面にめり込みかねない。

マッサージが終わると、顔を動かすリハビリに進む。

目を大きく見開く、まぶたを強く閉じる、眉を上げる、眉をひそめる、口角を上げる、口を大きく開ける、唇をできる限り強く閉じる、上唇を上げる、下唇を下げる、「あ」から「お」までの口の形をつくる、舌を出したり引っ込めたりする、舌で内側から左右の頬を押す、舌を上下の歯の裏側につける——。

ほとんどの動きがうまくできなかったが、その都度、松見さんが「こんな感じですよ」と、動きを補助してくれた。

顔ひとつとってもこんなに多様な動かし方があるのかと、おれは生まれてはじめて気づかされた。リハビリの最中、松見さんがバリエーション豊かな表情を交えて喋り、顔面全体の筋肉を総動員して笑顔をつくり出す様は、奇跡を目の当たりにしているような気分だった。

転院して半月も経たないうちに、おれの顔は少しずつ本来の動きを取り戻しはじめた。けなげな動きが日を追うごとに力強さを増し、ぎこちなくもたしかな表情を浮かび上がらせていくのを感じた。

首を縦横に動かして、肯定と否定をつなぐ直線の上を動くだけだったコミュニケーションに、松見さんが表情というつぎの次元を与えてくれたことで、おれが伝えられる情報量は格段に増加した。

これで呼吸機能が回復し、人工呼吸器が外せて声が出るようになれば言うことなかったが、現実はそううまくいかなかった。

二〇一一年、一月末――発症後、三カ月。

おれは、一カ月間の不甲斐ない結果をごまかすために、せっかく動きはじめた表情の上に不格好な愛想笑いを貼りつけて、市立病院に戻った。

翌日、ベテラン理学療法士の川田《かわた》さんが電動車椅子を押しながら病室に入ってきた。リハビリ病院の三人とはずいぶん雰囲気がちがうように感じたが、川田さんのほうがかなり年上だからそう感じるだけだろうと思っていた。だが、三人とのちがいは年齢差だけではなかった。

川田さんは自己紹介を簡単にすませると、からだにふれて状態を確認することもなく、障害者の認定を受けて障害者手帳を取得するよう、おれと七緒にすすめてきた。退院後は車椅子での生活になるだろうし、それ以外にも手帳があったほうが、いろいろなサービスを受けられていい。そう説明された。

〈自己紹介がてら、おれの人生を勝手に決めないでくれよ〉

ギラン・バレー症候群は治る病気だと言われてきた。リハビリ病院では回復を目指したリハビリをしてきたし、なにより完治を信じてきた。だから、完治するわけがないと思われていることが気に食わなかった。

だが、川田さんのことばはおれの未熟な信念をじわじわ汚し、どうにかくすぶる程度に抑え込んできた「治らないかもしれない」という不安を、簡単にあおった。

川田さんは、そんなことはお構いなしに淡々と畳みかけてきた。

「前の病院でも五分くらいなら呼吸器を外せてたみたいですから、早速、電動車椅子に乗ってみましょう」

〈たしかに五分くらい外してたことはあるけど、それは〉

川田さんが電動車椅子をベッドに寄せてくる。

〈ベッドに寝た状態で〉

おれは呼吸器を外され、

〈しかも、見ていた看護師が心配するくらい必死な思いをして〉

抱え上げられ、

〈どうにか五分、持ちこたえただけなんだって〉

車椅子に座らされた。

ベッドから離れたこと自体がはじめてだった上に、息ができなくなるかもしれない恐怖のせいで、おれは気が狂ったように首を振りつづけた。

「五分、外せんじゃねえのかよ」

川田さんは、リハビリ病院の情報に対して不満を漏らしただけだったのだろう。だが、耳もとでそう言われたおれの受け取り方はちがった。

まともに息さえできない、使いものにならないヤツ。そう思われた気がした。

急な体勢の変化についていけなかったせいか、不安や恐怖のせいか、おれは気分がわるくなり、リハビリもそこで中止になった。

「なんで瑳久くんがこんな思いしなきゃいけないんだろうね」

川田さんがいなくなったあと、リハビリを見ていた七緒は泣いた。「悔しいね」

この三カ月、七緒はいつも笑顔だった。前向きだった。

それが嘘だと、おれはわかっていた。

――集中治療室にいたころ、おれはよく、退院したらやりたいことを七緒に話していた。

旅行に行きたい。行くなら車だな。ドライブ気分で遠くまで。温泉もいい。ふやけるまで湯につかり、うまいメシを食って、布団に寝転がる。退院したら食べたいもの。食べに行くなら、そうだな。定番だけど、寿司、天ぷら、焼肉あたりは外せない。七緒につくってもらうなら、具材たっぷりの味噌汁。シンプルだけど絶品だ。久しぶりに母親のおにぎりもいい。おにぎりをつくらせたら世界一だからな。冬樹を連れてどこに行こうか。水族館、動物園、遊園地。近くの公園でもいい。七緒お手製の弁当を持って。

おれが思いついたそばから文字盤で伝える内容を、七緒がちょっと待ってと遮りながら、ノートにまとめてくれる。

そして、ベッドに寝たままのおれの前で、七緒が完成した「やりたいことリスト」のページを開いてくれたときだった。ほんの一瞬だが、偶然に無関係なページがめくれた。表紙しか見えない七緒は、そのことに気づいていないようだった。

そこには、七緒の書いた『サクくんは大丈夫』が繰りかえし並んでいた。切ないくらい荒れた字が、おれの中にある七緒の笑顔から色を消した。七緒が見せてくれる笑顔は、不安を縒《よ》った糸で仕立てた偽物だったのだ。夜、家に帰って冬樹を抱き上げるときも、きっと同じはずだ。その糸をほどき、七緒がこころおきなく不安になれる場所は、おれには病院の駐車場くらいしか思いつかなかった――。

「わたしが一番、待ってるんだよ、瑳久くんがよくなるの。それなのに、なんでこんなことになっちゃうんだろうね」

今夜、病院から帰るときも、七緒は運転席のシートにからだを沈め、自分の意思で堰を切るのだろう。不安のかさが増し、からだの中に収まりきらなかったぶんが汗腺から浸み出して、皮膚をじっとりと濡らすだろう。

そして、バッグから引きずり出したノートの、空いているページを適当にめくり、雑な字で書きなぐるのだ。

『サクくんは大丈夫、大丈夫、大丈夫、サクくんは大丈夫』

不安が乾くまで、何度でも。

『大丈夫、サクくんは大丈夫、大丈夫、サクくんは大丈夫、サクくんは大丈夫――』


二〇一一年、四月中旬――発症後、五カ月半。

「神経内科には面白い病気があるでしょう？」

リハビリを終えた川田さんは、連れてきた実習生にそう言いながら病室を出ていった。

おれはこれ見よがしにため息を吐き出した。

リハビリ病院から市立病院に再転院して二カ月半。おれは人工呼吸器を外して生活できるようになった。人工呼吸器の設定を補助の小さいものへと徐々に下げていき、設定下限の補助で問題なく呼吸できるようになった時点で、呼吸器を一時的に外してみる。それで大丈夫そうなら、外している時間を徐々に長くしていく。そうやって、呼吸筋のリハビリをつづけてきた。まさに昼夜を問わず。

なにも、ため息をつくためにそうしてきたわけではない。

おれはもう一度、大きく息を吐き出した。今度は冷静さを取り戻すために。こういうことにいちいち反応するのは、損なだけだ。

電動車椅子の一件のあと、七緒から水野先生経由で、リハビリ病院でやっていたメニューを継続したいと川田さんに伝えてもらった。それにより、リハビリは拘縮予防中心のメニューに変更となった。だが、間接的に伝えたことが気に入らなかったのか、そもそもそういう気質なのかは知らないが、それ以降、リハビリのはじまりと終わりの挨拶をのぞき、川田さんがおれに話しかけてくることはなかった。

それにもかかわらず、実習生には時間いっぱい喋りつづけ、最後にはおれの病気を面白いと口走ってしまう。

声が出れば、さすがに文句を言いたいところだったが、人工呼吸器が外れたいまでも、声は出ないままだ。これは、水野先生にとっても予想外だったようだ。

おれは心底、落胆した。水野先生から、呼吸器が外れれば話せるようになると聞かされていたし、おれもこの二カ月半、そうなるものと信じて疑わなかった。

検査の結果、咽頭の閉塞が原因で声が出ないことがわかった。つまり、喉がふさがっているというのだ。首を絞められているようなものだから、ふつうであれば呼吸できない。

だがおれの場合、呼吸は問題なかった。空気のとおり道がふつうのひとと異なるからだ。おれの喉もとの皮膚、筋肉、その下にある気管は小さく切開されていて、カニューレと呼ばれる直径およそ一センチの筒が挿入されている。それは本来、人工呼吸器の管をつなげるためのもので、自発呼吸ができるおれには、もはや不要なものだ。

それでもカニューレが挿さったままなのは、それがいまのおれにとって唯一の、息のとおり道になっているからだ。カニューレの位置は、咽頭の閉塞部や声帯よりも肺に近い。つまり、息を吸えば、空気はカニューレをとおって直接、気管から肺に届き、息を吐けばカニューレから空気が出ていく。だから、喉がふさがっていても呼吸の心配はない。ただし、呼気が声帯をとおらずにカニューレから出ていってしまうせいで、声を出すことは不可能なのだ。

咽頭の閉塞もギラン・バレー症候群が原因と考えるのが妥当だが、ほかの病気による可能性も否定はできない。治療するにしても、どうするのが有効なのかよくわからない。水野先生はほかの診療科の医師にもいろいろ訊いてくれたようだが、結局は、回復するのを待つしかないという、いつもの結論に落ち着いた。

うんざりだ。なんで報われない——。

表情が豊かになった。腕や指が少し動くようになった。三十分、車椅子に乗っていられた。脚の筋力が少しずつ戻ってきた。車椅子に座り、床を蹴って、十メートル移動できた。それらを「クソみたいな回復」と断じてしまうくらい、声が出ないショックは大きかった。強烈な怒りと失望と敗北感がないまぜになって、おかしくなりそうだった。

聞きわけのない子がやるみたいに、ベッドの上で動かせるところ全部を動かして大暴れし、大声を張り上げた。ベッドがちょっとだけ揺れ、叫び声は空気の塊になってカニューレから出ていった。

◆

二〇一一年、四月末――発症後、半年。

市立病院の重症者病棟から、救急車でリハビリ病院に向かう。リハビリ病院への二度目の転院だ。

途中、おれは従兄弟の蓮ちゃんがくれた手紙を思い出していた。それは、人工呼吸器が外れたのに声が出ないことがわかった数日後、母親が持ってきてくれた。

＊　＊　＊

郵便はがき

料金受取人払郵便

新宿局承認

3971

差出有効期間
2022年7月
31日まで
（切手不要）

1 6 0-8 7 9 1

141

東京都新宿区新宿1－10－1

(株)文芸社

愛読者カード係 行

ふりがな お名前		明治　大正 昭和　平成　　年生　歳	
ふりがな ご住所		性別 男・女	
お電話番号	（書籍ご注文の際に必要です）	ご職業	
E-mail			
ご購読雑誌（複数可）		ご購読新聞	新聞

最近読んでおもしろかった本や今後、とりあげてほしいテーマをお教えください。

ご自分の研究成果や経験、お考え等を出版してみたいというお気持ちはありますか。

ある　　ない　　内容・テーマ（　　　　　　　　）

現在完成した作品をお持ちですか。

ある　　ない　　ジャンル・原稿量（　　　　　　　　）

書　名			
お買上 書　店	都道　市区 府県　郡	書店名	書店
		ご購入日	年　月　日

本書をどこでお知りになりましたか?

1.書店店頭　2.知人にすすめられて　3.インターネット(サイト名　)

4.DMハガキ　5.広告、記事を見て(新聞、雑誌名　)

上の質問に関連して、ご購入の決め手となったのは?

1.タイトル　2.著者　3.内容　4.カバーデザイン　5.帯

その他ご自由にお書きください。

(　)

本書についてのご意見、ご感想をお聞かせください。

①内容について

②カバー、タイトル、帯について

弊社Webサイトからもご意見、ご感想をお寄せいただけます。

ご協力ありがとうございました。

※お寄せいただいたご意見、ご感想は新聞広告等で匿名にて使わせていただくことがあります。

※お客様の個人情報は、小社からの連絡のみに使用します。社外に提供することは一切ありません。

■書籍のご注文は、お近くの書店または、ブックサービス(0120-29-9625)、セブンネットショッピング(http://7net.omni7.jp/)にお申し込み下さい。

瑳久君へ

どういうふうにこの文章を読んでいるのでしょうか。黙読しているのでしょうか、奥さんか伯父さんか伯母さんが読み上げるのを聞いているのでしょうか。

天気はどうでしょう。心地よい晴天であればいいなと願っています。

時間は、昼下がりもいいですが、夕暮れどきだと、なおいいかもしれません。日が傾いてきて、あたりがうっすらと紫色に染まっていくような静かな時間帯が、こういう手紙を読むにはちょうどいいように思います。

そんなことを空想しながら書きはじめています。

この文章の目的はふたつあります。

ひとつ目は、ぼくがいままで瑳久くんについて抱いてきた印象を伝えることです。そして、そうすることで、瑳久くんを多少なりとも勇気づけることです。

それがこの文章の最初にして最大の目的で、分量的にはこの文章の九割以上を占めることになるでしょう。

二番目の、やや小さな目的は、時間の許す限り長い文章を綴ることで、瑳久くんを——

そして君のとなりでこれを読み上げているひとがいるとすれば、そのひとも——退屈させて、残りは明日でいいかと思わせて、結果的に、少しでも長く暇つぶしの時間を提供することです。

以下、ほんのすこし長くなります。

——本題に入る前にすこしだけ。

毎日、通勤電車に揺られながら、最近、思いつきではじめたジョギングをしながら、夜にベッドの中で天井を見ながら、できる限り想像しようとしてみても、ぼくには瑳久くんが本当のところは、どんな状況で、どんな思いで、どういうふうに自分のからだを捉え直し、どういうふうに気持ちを維持しているのか、そのぎりぎりのところには想像がおよびません。それは残念ながら、余人の想像力の遠くおよばない、ことばさえも役に立たない世界なのかもしれません。

だからこれ以降の文章で、あるいは、よくわかっていない、的外れな、ある意味では不謹慎なことさえ書くかもしれません。そんな部分がもしあれば（もしかしたら、この文章全部がそうかもしれないけれど）、どうかご海容ください。

それからもうひとつ。

これは瑳久くんに宛てた手紙ではあるけれど、あえて手紙らしい手紙の形式はとりません。拝啓ではじまって敬具で終わる、時候の挨拶をはじめとする古来のやり方に則った手紙ではないということです。ぼくは出版という仕事をしていて、その性格上、その手の手紙は数多く書いていて、パソコンにはその種のテンプレートがたくさんありますが、この手紙についてはあえてそういった形式を無視しています。そのほうが自由に書けるし、たぶん読むほうも、気楽に手軽に読めると思うからです。ふだんは絶対に使わない「（笑）」という、あまり好きではない表現も、空気をやわらげるためと、照れくささを隠すために多用しています（笑）。あわせてご容赦ください。

さて、ようやく本題に入りますが、瑳久くんとぼくのつきあいは、小学生と中学生の夏休みに集中していて、それ以降のつきあいというのは、実はそれほどありません。親戚の行事や、最近だとお互いの結婚式などで顔をあわせたくらいで、高校以降、社会人になってからのお互いについては、実はほとんどなにも知らないに等しいかもしれません。

水路で、ワニだかオオサンショウウオだかを追いかけたり（日本にワニは生息していない。でも、あれはやはりワニだったと思いたい）、川で魚釣りを延々とやって日射病になったり、寺の境内でアリジゴクを捕まえたり、父親が買ったばかりのビデオカメラで、探検ものや教育ものの番組をまねて撮影したり、みんなで高校野球を見ながら素麺を食べたりといった、いまとなってはあまりにも遠い、しかし純粋に楽しいばかりだった記憶だけが、ぼくと瑳久くんが共有しているほとんどすべてと言っていいと思います。もちろん、高校生になったり大学に入ったりした以降のことも、両親経由でいろいろ聞いていて、それはそれで瑳久くんの印象を形成するのに大きな役割を担っているのですが、現実に顔をあわせて話をしたり笑ったりした時間は、思いのほか短いのです。

しかし、それにもかかわらず、一番、歳の近い従兄弟だからか、なんというか、うまく言えないのですが——当然といえば当然ながら——他人同士ではありません。むしろ、ぼくが浪人をして大学入学が同じ年になったということもあってか、ぼくは一方的にシンパシーを感じていた部分があります。

シンパシーというのは正確ではないかもしれません。より正しく言うと——ここがこのいささか長めの手紙のもっとも大事な部分なのですが——ぼくは瑳久くんを「日なたを歩きつづけるひと」と定義して、眩しいものを見るような気持ちでいました。いまでもそう思っています。

君の歩いている道にはいつも明るい日が射しているし、その歩みはいつもしっかりしている。そんなふうに見えています。

　これはいまになってとってつけた感想ではなくて、もうずっと前から思っていたことです。もし疑いがあるのなら、ぼくの父親か、あるいは妻にでも訊いてみてください。もう何年も前から、ぼくは瑳久くんを「日なたを歩くひと」と表現していましたし、そのことを口に出してもいました。

　瑳久くんの結婚式のとき、友人のスピーチで、その友人が不在にもかかわらず、彼の実家で彼の家族と一緒にメシを食った、というエピソードが紹介されました。実に象徴的なエピソードだと思って聞いた記憶があります。一事が万事、瑳久くんには、そういうおこないを自然なものに感じさせる、気持ちのよい向日性を強く感じます。

　こういうことは、ご両親はなかなか言えないことだと思います。奥様も、結婚前ならともかく（笑）、結婚後となっては言わないかもしれません。親しくつきあっている友人も、面と向かってはあえて言うことではありません。こういうことは、あまり顔をあわせてはいないけれど、お互い子どものころから知っている、同じ年代の従兄弟の役割なのです。それにしたって、手紙という古式ゆかしい、やや堅苦しいメディアだからこそ言えるのであって、会って話すとなると、照れくさくて言えるものではありません（だから今後、会ったときにも、この件については質問禁止ということにしておきます）。

すでに述べたように、小中学生からあまり会っていない従兄弟ですが、この印象はまずまちがっていないと思います。こういうことを書くと途端に調子に乗るひともいて困りものですが（笑）、瑳久くんに限ってそういうことはないと信じているので（笑）、この機会に伝えておきます。

もちろん、会わないでいる期間に、ぼくの中である種の理想化、結晶化がおこなわれたということはあるでしょう。瑳久くん自身からしてみれば、「なにを言っているのだろう」という感じかもしれません。しかし、瑳久くんが持っている、ほとんど〈キラキラしている〉と形容したいような前向きな明るさ、ごく短い時間、話をしただけで感じさせる基本的な真面目さ、ひと懐っこい信頼感は、きっと自分で考えている以上に大切で、魅力的なものです。

もし信じられないなら、身近なひとにでも、この文章を読ませてみるといいでしょう。おそらくそのひとは黙って頷いて、ここに書かれていることが正しいと認めるでしょう。

きちんとした佇まいで、いつも明るい光に照らされている——

そういう雰囲気は、これからどこにいてなにをしていても、きっとかわらないのでしょう。

まわりの人間に、そういった印象を与えられることを、羨ましく思っています。

さて、一番、書きたいことを書いてしまったので、これからなにを書くか迷ってしまいますが（笑）、目的その二のために、書きつづけなければなりません。

「ドラゴンクエストⅢ」の話をしましょう。ご存知のとおり、ぼくたちが小学生のころに非常に流行ったゲームで、伯父さんがやっていたはずです。「大人でもゲームをしていい」という意識を植えつけたという意味でも、ぼくの中で画期的なゲームでした（おかげさまで、と言うべきか、いまもってたまにゲームをする大人になりました）。

主人公の職業は「勇者」でした。仕事が勇者というのもおかしな話ですが、まあそれはいいでしょう。

勇者はまだ少年と言っていい年齢ですが、その歳で周囲から勇者と呼ばれるからには、子どものころから神童で、成績もよく、スポーツ万能で学級委員かなにかだったのでしょう。ちょうど瑳久くんのように。

ばかばかしいことを書いています。

もし疲れたのなら、このあたりでいったん中断して、また明日ということにしたほうがいいかもしれません。「冒険の書」に記録してスイッチを切るように。

ドラクエにたとえて、冗談めかしているのは、そういうたとえ話にしたほうが、話がわかりやすくなるからです。これは冗談ではありますが、嘘ではありません。

言いたいことは先ほどから一貫しています。「日なたを歩くひと」というのはやや詩的な表現で、理系の瑳久くんにはピンとこないかもしれないので（笑）、我々の世代にはよりわかりやすい「勇者」に置き換えてみたまでです。

まったくの余談ながら、では、ぼく自身の職業はなにかと訊かれれば、ひところは癒し系（これも嫌いな表現です（笑））の僧侶ではないかと自惚れていましたが、最近はどうも自分でも知らないうちに商人に転職したようです。レベルが低くてあまり使えないのですが（笑）。

ともあれ、「だからがんばって」というようなことを書くつもりはありません。

ただ、ぼくにとって瑳久くんはこのように見えていたということを伝えたいだけで、その見え方はいまのような大変な状況だからこそ、いっそう眩しさを増していると伝えたいだけなのです。

きびしく、苦しい戦いだと思います。言うまでもなく、こんなことはゲームではありえません。しかし、勇者としての瑳久くんは、最良のパーティに支えられて、勇敢に戦い抜くのでしょう。

願わくば、この妙な文章が、ホイミ一回ぶんでもいいので、瑳久くんのＨＰ《ヒットポイント》回復に役立たんことを。

最後に。

できるだけ長く書こうと決めたときから薄々、予感していたことではありましたが、案の定、とりとめのない手紙になりました。

もっともっと長くするつもりだったのですが、冗長になりそうなので（すでにじゅうぶん冗長ですが）、このあたりでやめておきます。いろいろな意味で無作法な手紙になってしまい、こんなものを瑳久くんに見せてもよいものかどうか、やはりごくふつうの謹厳な手紙のほうがいいのではないかと、ずいぶん悩みました。不真面目だと思われるとつらいのですが、意のあるところを汲んでもらって、笑って許してもらえれば幸いです。

奥様、お子様、伯父さん、伯母さんによろしくお伝えください。

二〇一一年、四月

岡田　蓮太郎

＊＊＊

晴れた日の昼下がり、母親に手紙を持ってもらいながら黙読していたおれは、泣いた。入院して以降、涙と弱音は腹が膨らむほどのんできた。顔が動くようになってからは、どんなに惨めでも笑ってみせた。せめてそうすることが、ひとの手しか借りられない自分の果たすべき責任であり、からだにふれてくれるひとへの礼儀だと思っていた。

でもこのときだけは、そういう堅苦しい自制が一気に緩み、しようがないくらい泣きじゃくった。

いい大人が母親の前で泣いて、涙まで拭いてもらわなければいけないというのはどうにも情けない話だが、からだがほとんど動かず、声も出せないおかげで、男らしく涙を堪《こら》えているように見えたかもしれない。

黒い絶望がからだのまわりを分厚く覆い、光がとおる隙間は一ミリもないと思っていたのに、蓮ちゃんは、おれがいまいるこの場所を日なただと言い、眩しく見えるとまで言ってくれた。どんなに厳重な管理をしたところで、押し寄せる涙は防ぎようがなかった。

結果的に、蓮ちゃんが懸念していた『こういうことを書くと途端に調子に乗るひともいて困りもの』なひとなんかより、数段おだてられるのが得意で、褒められて伸ばされたいタイプのおれは、蓮ちゃんが想定していたより何倍も気をよくして、なんなら血色までよくなった気分だった。そういう意味で、蓮ちゃんが回復系の呪文を得意とする僧侶というのも、あながちまちがっていない気がする。

蓮ちゃんは、四十枚のトランプでピラミッドをつくったころのままだ。なにをしても消せなかったおれの不安を、跡形もなく吹き飛ばしてくれた。プリントアウトした明朝体でこの威力だ。経典みたいに筆で書かれた手紙だったら、ベッドから自力で起き上がり、涙をぬぐい、「まいったな」のひとことくらい、喋れたかもしれない。

リハビリ病院に到着したおれのところへ、土居さんと中谷さんがやってきた。

「おかえりなさい」

市立病院の集中治療室で二カ月、リハビリ病院に転院して一カ月、市立病院に戻り三カ月。そして今日、リハビリ病院への再転院。今回の目的は、治療でもなければ人工呼吸器を外すことでもない。退院のため、自分のいるべき場所へ戻るための転院だ。

中谷さんが、股関節、膝、足首、足指を動かし、関節と腱の柔軟性、筋力の回復具合を手際よく確認していく。

「うん、いいですね」

中谷さんが、連戦連勝を飾った豪傑といった風情を、辞書みたいに厚い大胸筋から立ち昇らせる。「今後の理学療法の方針ですが、歩行のリハビリをはじめるために、まずは脚の装具をつくってもらいます。歩きまくって、退院までにはきつぶしましょう」

一方、土居さんは手こずっていた。手こずる理由を、おれはよくわかっていた。

この三カ月のあいだ、おれの肩と肘は、日を追うごとに硬くなっていった。市立病院の重症病棟では、一日に一回、一時間のリハビリを週に四回しか受けられなかったからだ。一週間当たりの総時間は、リハビリ病院のおよそ五分の一しかない。

圧倒的に足りない時間を補うために、七緒たちはこの三カ月、おれの指、肘、肩を動かしつづけてくれた。それこそ、脚の何倍も時間をかけて。硬いながらも、指の柔軟性をある程度、維持できていたのはそのおかげだ。

だが、七緒たちはプロではない。ひび割れたホースの小さな割れ目から水が漏れ出ていくみたいに、腕の関節と腱の柔軟性は少しずつ失われていった。七緒たちが懸命に割れ目をふさいでも、隙間から水は着実に漏れつづけ、肘の曲がる角度は九〇度に届かなくなった。肩は、腕を水平どころか七〇度くらい上げただけで、激痛が走るようになった。

それでも、土居さんならどうにかしてくれる。一度目の転院のときに感じた土居さんの熱量が、自然とそう確信させた。

時間をかけて確認作業を終えた土居さんが笑顔に戻る。

「明日からは拘縮を改善するためのリハビリを第一に進めます。それである程度、可動域が確保できるようになった時点で、少しずつ筋力回復や生活動作のリハビリに移りたいと思います」

滑稽なほど何度も頭を下げながら、土居さんが病室を出ていく。土居さんの薄い胸板の向こうに、太くたぎる青い火柱が見えるような気がした。

動かないからだ。戻らない声。悪化する拘縮。

ベッドに寝たきりのからだは、筋肉が削げ落ちて痩せ細り、体重は入院前とくらべて二十キロ近く軽くなった。

この半年間、完治を疑う気持ちがなかったと言えば嘘になる。なかなか治らないかさぶたみたいに、それはいつでも頭の中にこびりついて、無理に剥がしても血が出てまたもとに戻るだけだった。

ある日、突然、からだがもとどおりに動くようになる。そんな夢みたいな回復は、文字どおり夢の中にしかなかった。強い風の中、乾いた砂の粒を寄せ集めて砂城をつくるみたいに、小さな回復をどうにか足しあわせていくしかなかった。

おれは知らなかった。

壊滅状態にあった運動神経回路の再構築が、順調に進んでいることを。「ある日、突然、もとどおりに」とまではいかなくても、それがこの先、「劇的な回復」というかたちで結実していくことを。

第三章　雲間

二〇一六年、七月上旬——退院後、三年九カ月。

梅雨明け宣言を急かすように、空は連日、真っ青だ。

新居のすぐそばには、芝の生産販売用に、近所の農家が管理する芝地が広がっている。

小学一年の冬樹と二歳の春樹は、その瑞々しい緑の上で、新聞紙を丸めただけの刀を振りまわし、見えない敵と戦っている。

おれはもうじき起こる事態に備えて、入念にストレッチする。

「よーしッ！　ハルー、つぎはあっちだー！」

「ハイッ！」

「覚悟しろー！」

「ゥオーッ！」

案の定、見えない敵ではもの足りなくなったらしく、ふたりは史上最強のバケモノに襲いかかってきた。

バケモノは、冬樹と春樹の貧弱な刀などものともせず、ふたりのからだをつかんでは芝の上に優しく転がしてやる。ふたりは転がった勢いそのままに立ち上がり、再びバケモノに刀を振りかざす。

「ハル、うしろにまわれ！　急所は背中だー！」

「オーッ！」

急遽、背中が弱点という都合のいい設定を追加されてしまったバケモノは、背後を取られないようにからだを忙しく反転させながら、斬りかかってくるふたりを転がしつづけた。

疲労のせいでふたりの動きが鈍る。それを見計らっていたバケモノは、咆哮をあげ、春樹との距離を一気に詰めにかかった。

「逃げろー、ハルーッ！」

「遅いグァオー」

バケモノは、保育園のちゅうりっぷ組さんを容赦なく寝転がすと、服を胸までまくり上げ、露出したお腹に顔面全体をうずめた。

くぐもった声で「ぽんぽん」「ぽんぽん」と唱えながら、その感触を貪る。

春樹のぽんぽんはある種、悪魔じみていて、その格別なさわり心地はふれた者を狂わせ、二度と離さない。

バケモノは取り憑かれたように顔をなすりつけつづける。背後に立つ冬樹に気づきもしないで。

「トドメだあー！」

熾烈な戦いに終止符を打つ、冬樹、渾身の一閃が、丸見えになったバケモノの背中に振り下ろされる。「ジャーキーン！」

低い唸り声とともにバケモノが芝の上に崩れ落ちる。

「もう大丈夫だよ、ハル」

冬樹はそう言って春樹を立ち上がらせ、バケモノから守り抜いた弟の頭を大げさになでてやった。

弟を優しく見つめる冬樹。

兄をじっと見上げる春樹。

近寄りすぎて、不覚にも春樹のぽんぽんを刀で刺している冬樹。

バケモノを倒したほどのそれを、ぷにっと押しかえすぽんぽん。

そんなふたりを薄目で見つめるバケモノは、〈底抜けにかわいいけど、こんなにかわいくて大丈夫かしら〉と、すっかり天井知らずの親ばかであった。

こんな茶番を両手で足りないくらい繰りかえし、夏本番のクヌギの樹液みたいに汗が噴き出したところで、キッチンの窓から七緒の呼ぶ声が聞こえた。

「おーい。そろそろおやつにしよー」

「やったー。よし、ハル。行くぞ。よーい、スタートー」

七緒を目がけてふたりが駆け出す。

限界まで酷使されて、ただのつぶれた筒と化した新聞紙を拾い上げ、おれはふたりを追った。力強く脚を繰り出し、大人げないスピードで春樹を抜き去り、前を走る冬樹の真横につける。

〈フユ。走るの、だいぶ速くなったなあ。いや、速くなったのはおれもか〉

退院した当時、三十四歳のおれと、もうじき三歳になる冬樹の走力は同程度で、走れば決まって、抜きつ抜かれつのデッドヒートを繰り広げた。遠目に見ればほのぼのした構図にちがいないが、おれのただごとでない形相が、そうではないと主張していた。

そこから、おれの回復曲線は冬樹の成長曲線よりもはるかに大きなカーブを描いた。脚力は完治したと言っていい。冬樹にはわるいが、さっきのバケモノみたいにはならない。

〈お父さんにはもう勝てないよ、フユ〉

おれが加速しかけた瞬間、背後で大声がした。

「いーかないでー！」

最下位に沈んだ春樹だ。そこが定位置なのは当然だと思うが、春樹は当然、それをよしとしない。「なんでいっちゃうのー！」

「ごめんごめん。待ってるからおいでー」

おれは走るのをやめて、ご機嫌斜めな春樹が来るのを待つことにした。

「やったー、ぼくがいっちばーん！」

後方では、夏休み間近で絶好調の冬樹が、さらに上り調子で歓喜の大声をあげている。

「だーめー。にいに、じゅるいッ！」

前方では、春樹の不機嫌の勾配が増すばかりだった。

◆

二〇一一年、五月下旬——発症後、七カ月。

おれは、恐る恐る七緒のほうに向かって歩く。足のサイズと同じくらいの歩幅で。

七緒がそれを、微笑ましくというか、ひとまず気長に眺めている。

「あっちー」

そうはいかないのが、隣の男——一歳五カ月の冬樹だ。

はじめのうちはいい子にしておれのよちよち歩きを見ていたが、いっこうに到着しないので、いい加減、痺れを切らした。

冬樹のよちよち歩きを見てやれなかった父親のよちよち歩きを冬樹が見る。どうにもシュールな話だ。

足底から股下まである装具をつけて、歩行訓練を開始したのはここ最近の話だ。自力で歩くには筋力がまだじゅうぶんではないため、装具をつけ、膝と足首が動かないようにロックして歩く必要がある。すぐうしろには、ふらつきや転倒に備えて、中谷さんが守護霊のようにぴたりとくっついている。

理学療法のリハビリは毎日、午後三時ごろからはじまる。前半はベッド上でストレッチと筋力トレーニングをおこない、後半は装具をつけて病棟の廊下を時間の許す限り歩いた。ゴール地点である廊下の突き当たりに到着する。病室からおよそ二十メートル歩いたことになる。七緒と冬樹の姿はもうない。

頂点に達していた緊張が解け、おれは喉もとのカニューレから、ひとつ大きな息を吐き出した。

「いい感じですよ、岡田さん」

おれが笑顔で頷くのを見て、中谷さんがつづけた。「せっかくですから、今日はあそこまで行ってみましょうか」

中谷さんは、突き当たりを左に折れた先、廊下の行きどまりで窓の外を眺めている七緒と冬樹を指差していた。

窓のすぐ外には、桜の木がある。

――今月のはじめだった。七緒とふたりで病院の敷地内を散歩していたときだ。散歩といってもおれはもちろん車椅子だが。おれはその桜を見て、思いがけず泣いてしまった。まさに見ごろといった感動的に満開の桜ではなく、葉桜を見てである。

生まれたばかりの緑が、不慣れな感じで五月の陽射しを淡く遮る。それはそれで、半年以上入院しているおれの胸にグッときたが、泣いた理由はそこまで詩的なものではない。緑の葉を見て緑だなと思った途端、どういうわけか、こころが震えてどうしようもなくなったのだ――。

あそこまでだいたい七メートルか八メートルくらいですからと、葉桜の前でそんなことがあったなんて知るわけもない中谷さんは、すっかりその気になって説明をつづけている。

〈中谷さんらしい〉

熱心に説明する中谷さんの隣で、おれはひっそりと笑った。そもそも、おれは中谷さんを信用していない。

『じゃあ、ぼくの手を蹴りかえすようなイメージで脚を十回、動かしてみましょう。いきますよ。ハイッ、そうです。ハイッ、そうです。いいですよ、ハイッ。ハイッ。いい感じです、ハイッ。オッケーです。じゃあ、いまの調子でこのまま十回いきましょう！　ハイッ、いちっ、にっ――』

『脚を上げたまま、十秒キープします。ハイッ、いきましょう。どうですか？　大丈夫そうですか？　いいですね、ハイッ、じゃあ、このまま十秒いきます。いちっ、にっ――』

土居さんや松見さんから、中谷さんのリハビリは厳しいと定評があると聞かされてきたが、それはこういうことなのだろう。中谷さんのリハビリメニューは、おそらく中谷さん本人でさえ気づかないくらい巧妙な手口で、負荷が数割増しになってしまうのだ。

だが、それを指摘するなんて野暮な真似はしない。それが回復に直結している実感があるからだ。

もうひとつ、指摘しない理由がある。指摘しても伝わらないからだ。

おれはもう、文字盤を使ってはいない。念のためにと持ってはいるが、会話は専ら口パクだ。聞き手に口の動きを読み取ってもらわないと会話が成立しないわけだが、中谷さんはその読話というのがどうも苦手らしいのだ。

結果的に、中谷さんとのコミュニケーションは首を縦横に振って答えられるもの以外、完全な一方通行になってしまう。しかし、そのことに問題を感じることはなかった。中谷さんに言われたとおりやっていればまちがいないと考えていたからだ。

もう七、八メートル歩いてみようという突然の変更も、断るつもりはなかった。行けそうな手応えを感じていたし、なにより、歩くことが無性に楽しかったからだ。冬樹もきっと、歩きはじめたころはこんな気持ちだったのだろうと思うと、余計にやる気が湧いた。

窓の外に夢中の冬樹がこっちに気づくより先に到着してやろうと、おれは歩くスピードを徐々に上げていった。だが、あと二、三メートルというところで、そんなおれの思惑などお構いなしに、中谷さんが「結構、速く歩けますね！」と大声で喜んでしまい、計画はあえなく頓挫してしまった。それでも、予想よりずっとテンポよく歩けたことで、自信はさらに増した。

「パーパ」

「……」

おれはロパクで、はーい、と返事をする。

「こえ、なーにー？」

冬樹ははじめて見る装具に興味津々だ。ちょんちょんさわっているあいだはよかったが、そのうちに引っ張ってみたり叩いてみたりしたくなって、その都度、七緒に「だーめーよ」と注意されている。

大きくなったが、やっていることは、はじめて見舞いに連れてこられたときとまるでかわっていない。

――集中治療室にいた二カ月間、面会を認められていたのは家族と近しい親族だけで、しかも冬樹のような子どもの面会は、いくら身内といえども禁止されていた。入院後、はじめて冬樹に会えたのは、最初にリハビリ病院に転院したときだ。

集中治療室にいるあいだに、点滴や尿道カテーテルがいらなくなり、顔や首、肩まわりが少しだけなら動くようになった。決して納得いくものではないが、ひとまず発症してすぐのころよりは回復しているつもりでいた。

だが、リハビリ病院に見舞いに来た友人や知人の中に、回復を祝福するような反応を見出すことはできなかった。元気だったおれが、ほとんど無表情で声も出せず、ベッドの上で動きもしないのだ。その上、喉もとに人工呼吸器の管が食い込み、口に唾液吸引チューブが入り、鼻に流動食用チューブが挿さっているのだから、「こんなに回復して本当によかったね」なんて言えるはずがない。

おれを見るなり泣いてしまったり、面会の途中で込み上げてきたり、帰り際になって我慢ならなくなったり、かけることばを見つけられず黙り込んでしまったり、逆に不自然なほど明るく振る舞ってみたり、反応はひとそれぞれだった。

　ところが、一歳になったばかりの冬樹はちがった。おれを見た冬樹の目は、輝きを増した。

　七緒が冬樹をおれの足もとに座らせると、冬樹は寝ているおれのからだの上を、頭のほうに向かって動き出した。心地いい重みだ。ただ、冬樹が目を見てくれないのが気になった。

　視線はもっと下。胸か、喉のあたり。冬樹のお目当ては、人工呼吸器の管だった。

　きっと、パパの喉もとから管を引っこ抜き、蛇腹状のそれを伸ばしたり縮めたりして遊んじゃおっかなあ、という腹だ。無垢な手が管に向かって伸びる。そこは当然、七緒に捕まり、スタート地点に戻される。

　しばらくして冬樹がやおら動き出す。あいかわらずおれの顔は見ていない。つぎのターゲットをタッチセンサー式ナースコールに決めたらしい。今度はお見事、七緒の制止をかいくぐりさわることができた。

　病棟中にナースコールが響き渡った——。

　冬樹はそのころから、おれの身のまわりにある本来ないに越したことないものを、いつも「なにかとてもいいもの」にかえてくれた。

　冬樹にとってのパパという存在は、なんだか楽しそうなものをいっぱい持っていて、そ

れを取ろうとしてもなにも言わないし、やめさせようともしないひと、という位置づけな
のかもしれない。

いまもきっと、自分が装具をつけて「ガッシャーン！　ガッシャーン！」と、効果音を
口にしながら、ロボットみたいに歩いてみたいはずだ。

「装具を使わないと歩けないのはわかるんだけど、それにしても、膝と足首がロックされ
て動かないのに、よく歩けるね」

冬樹の動向に目を光らせながら七緒は感心している。「ふつうに歩くより難しそう」

「……」

「へえ、そんなもんなんだねえ」

「……」

「なになに？　もう一回、言って」

「……」

「ま？　マッチ棒みたい？　ああ、からだ全体がピンと伸びちゃってるからね」

「……」

「そりゃあ、疲れるよ。ついこの前まで寝たきりだったんだから」

「……」

「そうだよね。そう思う。楽しいよね」

「……」

「じゃあ、まずはフユに追いつくのが目標だね」

「……。岡田さん、そろそろ戻りましょうか」

読話を試みたものの早々に置いていかれてしまった様子の中谷さんは、あくまでなんとなく会話が一段落したタイミングを見計らって、小休止の終わりを告げた。

「じゃあ、先に行ってるね。さあ、フユ、行こう」

となりを歩く七緒の歩き方からすると、冬樹のスピードはまったく大したことないように思えた。だが実際に歩き出してみると、おれのスピードは冬樹よりも数段、まったく大したことなかった。

おれは、火のついたマッチ棒みたいに顔を真っ赤にして、ふたりのずっとうしろを歩きつづけた。


ある日の朝、車椅子に座って病室のテーブルに突っ伏しているところに、受け持ち看護師の小関《こせき》久美子《くみこ》さんが入ってきた。

「おはよーございまーす。こんな朝早くから絶望でもしてるんですか？　この世界に」

「……」

「ああ、いつもの自己トレーニングですか」

「……」

「ほかの看護師もがんばってるねって言ってますよ」

「……」

「ヘラヘラしないでください。嘘ですから」

「……」

二十五歳の小関さんは、病棟の看護師の中で最年少だ。唯一の未婚者でもある。

「じゃあ、血圧と体温を計りますね」

ほかの看護師の話では、ここ数年、彼氏もいないらしい。みんな、小関さんのことを自分の娘か妹みたいに思っているようで、どうにかしてやりたいという親ごころなり妹思いなりを、会話のところどころにのぞかせてくる。

測定中、「そういえば」と、小関さんがなにか思い出したように話しはじめた。マスクをしているせいで表情を読み取るのは難しいが、あからさまにいたずらっぽい目をしている。

「もうすぐわたしの誕生日ですよね」

おれが首を傾げると、ブロードウェイのミュージカル女優みたいに派手に驚いてから、来月の六日が誕生日だと教えてくれた。「六月六日ですよ。せっかくのぞろ目なのに、なんで知らないいんですか？　まあ、いいですけど。わたしの誕生日に、バック転、見せてくれるって聞いてますよ」

「……」

「岡田さんが、です」

「……」

「失礼しますう」

血圧が上がってしまいそうになったところへ、にこやかに土居さんが入ってきた。

午前十時、作業療法のリハビリの時間だ。

「おはようございますう。あっ、すみません。あっ、少し待ってたほうが、いいですか？」

「大丈夫です。いま、終わりました。体温、血圧、問題ありません。誕生日までもう時間がありませんから、ヘラヘラしてないで、しっかりやってくださいよ」

なんの優しさか知らないが、「無理なら側転でもいいです」と、最後にひとこと添えて小関さんは病室を出ていった。

おれは小関さんに全幅の信頼を寄せている。看護師として。人間として。

小関さんは同情しない。共感しない。思いやらない。大事なのはそんなことではないと、小関さんは知っているのだ。

どうにか前に進みはじめたおれがつまずいたりしないように、道の先にある小石を全部拾っておくこと。道の途中、歩き疲れそうな場所を見越し、前もって椅子を置いておくこと。雲行きが怪しいときは雨具を、道が深い森へとつづいているならランプを、荷物の中にそっと入れておくこと。

小関さんはそういうことが自然にできる。その能力は、看護師としてというより、人間としてもともと備わっているようだった。

「小関さん、ありがとうございましたあ」

信頼しているといえば、舎弟かというくらい、小関さんの背中に向かって頭を下げつづけている、土居さんもである。「じゃあ、岡田さん。今日もよろしくお願いします」

左肩からリハビリがはじまる。腕全体をゆっくりと引き下げる。引き下げながら、内側あるいは外側にねじる動作を加える。腕を前方、後方、側方の三方向から上げていく。肘を曲げた状態で、前腕部を内外側、両方向に動かす。

つぎは左肘。曲げられる角度までゆっくりと曲げ、ゆっくりと伸ばす。左手首はゆっくりと上下に曲げ伸ばしたあと、親指側と小指側にも曲げていく。

最後は指だ。関節をひとつずつ入念に動かし、今度は指ごとにふたつないし三つの関節を同時に曲げる。そのあと、拳をつくるように、五本の指をすべて曲げる。最後に、手のひらを窪ませながら、親指と小指の腹をあわせるように動かす。これは、ものをつかむためになくてはならない動きで、人間に特有のものらしい。

これでようやく半分。残りの時間で右腕を動かす。

硬くなった関節や腱をやわらかくするためのリハビリは、からだの硬いひとが柔軟体操をやるのと似て、痛みを伴う。痛みが出ない範囲で動かしても回復は見込めないし、激痛が走るほどの動きは、かえって傷める原因になる。土居さんは、おれが不快に感じない範囲で最大の痛みが出るように、おれの反応や表情の変化に神経を尖らせ、動かし方を絶妙に加減しながらリハビリを進める。

こわいと思ったことはないのだろうか——。

土居さんを見ていて、そう思うことがよくある。

土居さんの手は、患者に差し伸べられ、患者にふれるためにある。土居さんの耳は、患者の苦悩と願望を聞くためにある。土居さんの口は、患者を励まし、エールを送るためにある。土居さんは、そのからだひとつで、冷たく乾いた土を耕し、種を蒔き、丈夫な根を育てる。患者の人生が、もう一度、芽吹きを迎えられるように。繊細な茎が頼り甲斐のある幹となり、葉を旺盛に茂らせ、無数の花が咲き誇るように。

失敗は許されない。やり直しはきかない。それなのに、右腕のリハビリに移った土居さんの手つきは、恐怖に怯えて立ちすくむ人間のそれではなく、丁寧で淀みない、そして、潔いものだった。

おれは手応えを感じはじめていた。転院してきた一カ月前より、肩と肘の状態は確実によくなっている。

『肩と肘の状態はかなりひどいと考えてください。いくら毎日リハビリができると言っても、一日に一時間では足りません。ですから、どれだけよくなるかは、リハビリ以外の時間にどれだけ自己トレーニングできるかにかかっています』

土居さんにそう言われてからというもの、おれは言いつけをしっかりと守り、空き時間はほとんどすべて、作業療法の自己トレーニングに費やした。

車椅子に座り、両肘を曲げた状態で、前腕をテーブルに載せる。そのまま上体を前傾させると、肘を深く曲げるトレーニングになる。

脇を開き、テーブルの上で両手を重ね、その上に額をつけるように上体を前傾させるトレーニング。小関さんに言わせれば、落ち込んで絶望しているポーズだ。

肩の拘縮を改善するためのトレーニングでは、腕を伸ばした状態でテーブルに載せ、車椅子をうしろにひきながら上体を倒す。

ほかにも、おれは教えられたすべてのトレーニングを休まずこなした。作業療法のリハビリの前後、理学療法のあと、夕食の前後、就寝前。それ以外の時間も、暇さえあれば自己トレーニングに励んだ。

三十分も動かせば、肩と肘はある程度やわらかくなるが、そこから十五分なにもしなければ、またもとどおりだ。就寝前にしっかりストレッチしても、翌朝には嘘みたいに硬くなっている。それでも一カ月、しつこくやりつづければ、肩と肘はまるで別ものになる。

午前十一時を少しまわった。

「お疲れ様でしたあ。自己トレーニング、やってくれてるんですね。ありがとうございます。かなりよくなってきてます」

土居さんはそう言うと、おれの右肘を曲げ、腕を前方にゆっくり上げはじめた。「もうちょっといけそうですか？」

おれが頷くのを確認すると、土居さんは肘をもう少し深く曲げ、腕をさらに上げた。

右手の中指と薬指が額にふれる。咄嗟のことに頭が追いつかない。

「さわれましたね」

そうだ。さわれたのだ。

一カ月前は、どんなに近づけても、指先から顔まで三十センチはあった。サビのところでこぶしをきかせすぎる、演歌歌手の顔とマイクくらいの距離だった。

「よかったです」

土居さんはそのまましばらく待ってくれた。

おれは、できるだけ強く、指を額に押し当てつづけた。汗でじっとりとした皮膚の感触を、指に写しとるみたいに。

◆

——鉄板焼きの店に来ていた。

おれは深く考えない。途中で、なんとなくそうなのかなと思ったりもしたが、それはさておき、見るからに高級そうな牛肉をじゅうぶんに堪能し、筋繊維の隙間からとろけ出す肉汁をのみ干すことに集中した。

思ったとおり、夢だった。

目を開けると集中治療室だった。口の中には唾液が溜まっていた。寝ているあいだに唾液吸引チューブが口から外れたらしい。上質な肉汁だと思っていたのは、なんてことはない。自分の唾液だった――。

食べものの夢ならこれまでに何度も見てきたが、発症から七カ月が経ち、いよいよ現実に食事がはじまった。

目的はふたつある。ひとつは、理学療法の歩行訓練を中心にリハビリ全体の負荷が上がり、体力をつける必要が出てきたこと。もうひとつは、喉の閉塞という厄介な症状を改善させることだ。

食事は一日一回、昼食からはじめることになった。言語聴覚士の松見さんの説明によると、食べものをのみ下すとき、喉の筋肉はダイナミックに動くらしい。ギラン・バレー症候群が原因で喉がふさがっているのであれば、食事で喉の筋肉を使うことによって、症状の改善を促せるかもしれないということだ。

松見さんがトレーを持って病室に入ってくる。

「今日のメニューは、ご飯と――」

献立表を片手に、茶碗、汁椀、深皿、浅皿、小鉢と順々にメニューを読み上げてくれるが、残念ながら、トレーの上のものをそれだと認識するのはかなり難しかった。器の中のものが、どれも原形を留めていないからだ。

経口食の開始といっても、いきなり常食とはいかない。七カ月、なにも食べてこなかった上に、喉の異常もあるのだから、当然といえば当然だ。食べやすい形状からスタートして、咀嚼やのみ込みの具合を見ながら常食に近づけていく。

はじめはミキサー食。調理し終わった食材をすべてミキサーにかけたものだ。白米は、全粥にしたものをさらにミキサーで処理するという念の入れようで、ほとんどスープと言っていい。おかずのほうはペースト状で、食材の種類によって粘りが出たり、色味がちがってくる。

スープ状の白米は、三分、五分、七分粥を経て、全粥。全粥が問題ないようであれば、やわらかめに炊いた軟飯。そのあと、ようやくふつうの米飯となる。

おかずは、ペースト状を問題なく食べられることがわかったところで、それよりほんの少し食べ応えがあるムース状のものにかわる。そこから、細かくみじん切りにしたきざみ食、やわらかく調理した食材をひと口サイズに切った軟食、軟食と常形態の食材を組みあわせた常軟食を挟んで、常食となる。

タイミングに気を配りながら、松見さんがミキサー食をひと口ずつ、順序よく口に運んでくれる。

おれは、食べたものの「味」しかわからない。

ペースト状の見た目や食感もさることながら、なにより「匂い」がわからないのだ。カニューレからしか空気の出入りがないからだ。

口もとまで運ばれてきた食べものの匂いをかぐことができないだけでなく、口に入ったあとも匂いが鼻に抜けない。だから、たとえば、オレンジジュースとリンゴジュースのちがいがわからない。どちらも同じ、甘酸っぱい味しかしない。

カレーです、と言われても、茶色のペーストは甘辛いだけで、いわゆる「カレーの味」はしない。いま食べているのはカレーなのだと、どれだけ強く思えるか。その心意気がものを言うのだ。

それでも、五味だけとはいえ食事は文句なしに格別だった。舌がペーストを包み、離そうとしない。七カ月のあいだ、唾液だけでしのいできたのだ。舌の表層をただ滑らせ、喉にそのまま放り込むのがもったいない。舌の上で消化吸収までいければ言うことないが、そうもいかない。そのうちに、喉のほうがペーストの感触を欲しがりはじめる。舌と喉、どっちで味わうか。七カ月ぶりの食事は幸福な葛藤の連続でもあった。

ある日のメニューは焼き魚だった。角皿の上に、クリーム色とピンクの二種類のペーストが載っている。クリーム色のほうは、その量からして焼いた白身魚のペーストだろう。ピンクのほうは、ちょうどスプーン一杯ぶんの量で、つけあわせであることがうかがえた。

「じゃあ、つぎはつけあわせ、いきますね」

食事が中盤に差しかかったところで、松見さんがピンクのペーストを全量、景気よく口に運んでくれた。

『これまで口にしたものの中で、一番ひどかったのはなんですか？』

そう訊かれれば、おれは迷わずこのペーストの話をするだろう。

それがなければ、口にしたものというくくりで、小学五年のとき、運動場で遊んでいる最中、口の中に虫が飛び込んできた話をしたかもしれない。悲惨なことにそれはカメムシだったわけだが、カメムシが舌の上に載った瞬間、そこから波紋みたいに痺れと苦味が広がった。

だがカメムシは、ピンクのペーストにトップの座を譲った。ペーストが最低限、食べものであり、苦味がないことを考慮したとしてもだ。

ピンクのペーストは爽やかな味がした。だが、その爽やかさがいきすぎていた。はきちがえた爽快感は鋭利な棘と化し、口の中の細胞という細胞を強烈に刺激した。

いろんな表情ができるようになったんですねえ、と喜ばれかねないほど、おれは顔をうねらせた。

「どうしました？」

松見さんが慌てて話しかけてくる。

「……」

得体の知れない刺激物をどうにか腹に収め、すごい味がしたと涙目で松見さんに訴えた。メニューには、わざわざつけあわせの素材まで細かく書かれていないため、「ちょっと確認してきます」と、松見さんは急いで病室を出ていった。

すぐに戻ってきた松見さんの表情は、申しわけないのと恥ずかしいのと、どこか安心したのが溶けあわないまま不均一に混じり、強張った苦笑となって表れていた。

「岡田さん、ごめんなさい。生姜でした」

瞬時に絵が浮かんだ。

焼き魚にしなだれかかる、ピンクのグラデーションの棒だ。

ミキサーで粉砕され、装いは溶けかけのストロベリーアイスに見えるが、その実、魔物と化していた。たとえスプーン一杯でも、全量をひと口でいっていいわけがない。

「……」

大丈夫です、と口を動かしながら、おれは笑った。つられて松見さんも笑い出す。元気に笑い飛ばす。

「本当にすみませんでした。これからは食事の前によく確認します」

大笑いに区切りをつけ、松見さんが改めて頭を下げる。「じゃあ、残りのご飯、いきますね」
おれは笑顔で頷き、魔物の余韻が爽快に残る口を大きく開けて、つぎのひと口が運ばれるのを待った。

言語療法のリハビリは、昼食の時間次第だが、食後三十分か一時間してからはじまる。口や舌の動きは、かなり回復したとはいえ、まだ完全ではない。一部の表情筋の強張りや、口輪筋の筋力低下など、改善すべき症状もある。だが、それよりもいま、腰を据えて取り組むべきは、喉の閉塞という難題だった。

ギラン・バレー症候群になって、おれと同じように喉の筋肉までやられている人間はどのくらいいるのだろう。百万人にひとりか、一千万人にひとりか。十万人にひとりの病気でさえ効果的な治療法が確立されていないのに、それよりもレアなケースで、これをやれば絶対によくなるという治療法があるはずない。

だから、食事以外にもいろいろと試してもらった。喉のマッサージやストレッチという単純なものから、喉の筋力を向上できるようなトレーニングまで。もちろん、やってはいるが期待薄かもしれない。期待薄どころか、まったくの見当ちがいという可能性もある。

それでも、やるしかない。手探りはいまにはじまったことじゃない。突然わけがわからない病気になり、それからずっと、手探りみたいなものだった。上っているのかもしれない。下っているのかもしれない。進んでいるのか戻っているのか、自分でもよくわからない。そもそも、自分が道らしい道の上にいるのかさえ怪しいものだった。

でも七緒は、いつだって「大丈夫」と言ってくれた。だからきっと、おれは大丈夫なのだ。

——病気になってすぐのころ、七緒は言ってくれた。

「カウントダウンはもうはじまってるから、がんばらなくても大丈夫」

七緒によると、ギラン・バレー症候群が治る病気だということは、もうすでに、だれかが完治するまでの時間をタイマーにセットしてカウントダウンのボタンを押してくれているはずだから、なにもしなくても完治までの時間はどんどん減っていくと、そういうことらしかった。

そんな都合のいいタイマーを都合よく押してくれるだれかがいるのか知らないが、七緒の「大丈夫」に、おれは救われた。

リハビリ病院に再転院してすぐのころもそうだ。

その日は七緒がひとりで面会に来ていた。

「今日ね、午前中に実家の庭の手入れを手伝ってきたんだ。疲れたけど、単純作業って、難しいこと考えずに没頭できるから好きなんだよね」

おれは頷き、同意を示した。「そしたら、こっちに来る途中で、なんか急に思い出しちゃって。子どものころ、今日みたいに庭の手伝いしてたとき、お母さんがよく言ってたことば。単純作業で頭がすっきりしたからかなあ、もう二十年近く前のことなのに」

「……」

「うん。なんか外国の造園家だか、建築家だかのことばらしいんだけど、『自然は直線を嫌う』って。瑳久くん、聞いたことない？」

そういう概念自体はよく知られているが、それだけに、どこのだれが言ったことばか特定するのは難しい。「自然の中に直線とか平面でできてるものはないってことなんだけど。だからお母さん、庭をつくるときはそういうのを大事にするって。いま思えば当たり前な感じもするけど、そのときは、なんかすごいなあって思ってたんだよね」

「……」

「いや、それで気づいたの。二十年越しに。直線って不自然なんだなあって」

いまのところ、七緒の話は要領を得ないが、おれはなにも言わずにつづきを待った。

「瑳久くん、遠まわりしてるなあって思ってる？　急に病気になって、思うようにいかないことばっかりで」

おれが大きく頷くのを見て、七緒がつづける。「まあ、そうだよね。思わないほうがどうかしてる。だれだって、できればゴールまで一直線、最短距離で行きたいもん。でもね、瑳久くん。自然は直線を嫌うから、これまでもこれからも、瑳久くんが進んでる道はずっと曲線なんだよ」

そこまで言って、七緒の笑顔が微妙にこわばる。それは、七緒がなにか大切なことを言う直前、無意識に見せるサインだ。

「瑳久くんは、まわり道してるんじゃなくて、曲線をまっすぐに進んでるの。だから、大丈夫」

頓知好きのどこかの和尚さんみたいな論法だが、七緒に「大丈夫」と言われると、すんなりその気になれた——。

落ち込んでいる場合は七緒さんを呼び、「瑳久くんは大丈夫」と言ってもらってください。それだけでご機嫌になります。

「岡田瑳久の取扱説明書」があるなら、きっと、そう記載されているだろう。

おれは意気込んだ。ある種、哲学的に。

完治まで、曲線をもって直線を描くのだ。

二〇一一年、七月下旬——発症後、九カ月。

病棟は、夏休みに入った孫の顔でも見せてやろうかという家族連れで、いつもより賑わっていた。病棟は、高齢の患者が大多数を占めていて、おれと同年代といったら、孫を連れてきている親たちになる。

病室に、談話スペースに、患者食堂に充満する賑々しい空気。ピンポン玉みたいに跳んで弾む話し声。しゃぼん玉みたいに浮かんでいく軽やかな笑い声。片や、ピンポン玉を蹴り飛ばし、しゃぼん玉を叩き割るくらい充実した気迫。真夏のアスファルトみたいに、まわりの空気を歪ませるほどの熱気。

歩行訓練中のおれと中谷さんである。

痛々しいほど真剣に廊下を歩くおれのとなりで、中谷さんは、ケーシー白衣の下に透ける黒のタンクトップが、肩甲骨のあたりで背骨のほうに大きく、シャネルのマークくらい食い込んでいた。

装具はしばらく前から使っていない。中谷さんが、退院までにはきつぶしましょうと言った装具は、ほとんど新品同然で病院に寄贈した。

作業療法のリハビリも、手首と指の筋力回復に時間がかかっていることを除けば、概ね順調と言えた。肘はもとどおり動くようになったし、肩の拘縮もかなり回復した。

食事も自分で食べられるようになった。食事の形態は、ひと口サイズに切ってもらってはいるが常食となり、流動食用の鼻のチューブはもちろん、ずいぶん前に不要になった。食事のとき、箸やスプーンを握って食べるのはまだ難しくても、そこはひとまず、専用の補助具を使えばいい。手のひら側にポケットがついた補助具を手に巻きつけ、そこに先割れスプーンを差し込んで食べる。はじめたばかりのころは、食べものを刺して口に運ぶという動作をただ繰りかえすのに精一杯で、食事を楽しむ余裕などまったくなかったが、いまではだいぶ慣れてきた。

だが、喉もとのカニューレは挿さったままだ。これまでのリハビリはどれもまだ実を結んでいない。改善を思わせるような変化もないわけではなかったから、おれと松見さんはあとひと押しというつもりでいた。だが、長引く停滞に、松見さんもリハビリ方針の転換を検討しているようだった。絡まった結び目をほどくつもりが、引っ張っているうちにどんどん固くなっていく。そんな感じがした。

歩行訓練を終えて病室に戻ったおれは、車椅子ではなくベッドに腰かけた。

「少し休憩したら、最後は立ち上がりの練習ですね」

タオルで汗を拭きながら、中谷さんの指示に頷く。電動ベッドは高さを自由にかえられるから、立ち上がりの練習に都合がいい。スクワットよりも安全で、毎回ベッドの高さを記録しておいてもらえば、筋力の回復を数字として実感することもできる。

「こんにちはー」

七緒と冬樹が病室に入ってくる。

「……」

「びっくりした？　今日は仕事が午前中だけだったから、そのまま保育園に迎えに行って早めに来てみたよ」

「……」

「すみません。リハビリの途中なのに」

「いえいえ。それより、是非、見てあげてください。岡田さん、どんどんよくなってますから」

中谷さんはそう言うと、自分のうしろにあった椅子を七緒のほうに運んだ。

「ありがとうございます。じゃあ、せっかくだから見せてもらおうかな」

「……」

「いやいや。緊張しないで、いつもどおりでいいよ」

「ねーねー、かっこいーやちゅわー？」

冬樹は、この前までここにあった装具を探している。

「パパねー、もうそれ使わなくなったから、ないないしちゃったんだってー。すごいねー」

「やあだッ！」

「ねー。ほら、見てごらん。パパ、なんかやるみたいだよ」

七緒は、納得いかない冬樹を自分の膝の上に座らせた。

おれは太ももを軽くさすり、歩行訓練の悲鳴が治まっていることを確認してから、中谷さんに合図を送った。

「はい。じゃあ、まずは昨日より五センチ高いところからいきましょう」

中谷さんがベッドの高さを調整する。「じゃあ、十回。お願いします」

「……」

「……」

「……」

問題ない。軽々と十回を消化する。

「いいですね」

「えー、すごいじゃん。楽勝じゃない。パパすごいねー」

冬樹はもちろん、よくわかっていない。それよりも、駆動音とともに高さがかわるベッドに釘づけだ。

「じゃあ、昨日までと同じ高さにしますよ。今度も十回で。お願いします」

「……」

「……」

「……」

五センチ低くなるだけで、負荷もだいぶかわる。一回、立ち上がるごとにカニューレから出入りする空気の量が増していく。

「はい、お疲れ様です。じゃあ、一旦、休みましょう」

投げ出した脚を、中谷さんが軽くマッサージしてくれる。「最後、もしいけそうならあと五センチ下げて、そうですね、五回いってみますか？」

おれは間を置かずに頷く。中谷さんも織り込みずみという風情で、間髪入れずベッドを下げる。

「すごい。いけるの？」

おれは息を整えながら、どうかな、と首を傾げる。はじめての高さだ。

タイミングを計り、立ち上がる。

「……」

尻は浮いたが、立ち上がるところまではいかない。

もう一回。今度は少し反動をつける。腹に力をこめ、脚を強く踏ん張る。高圧の空気がカニューレから一瞬で吐き出される。

「……」

どうにか立ち上がれた。

「いいですよッ。残り四回です！」

中谷さんの声に力がこもる。

「すごいね」

七緒が冬樹に小声で話しかける。緊張が伝わったのか、冬樹の眉間が波打っている。

「いきましょー」

「……」

「そうですッ！」

「……」

「あと二回ッ！」

「フンッ！」

「ラス、えっ？」

「えっ、えっ？　瑳久くん？」

驚く中谷さんと七緒の視線が、立ち上がったおれに収束する。冬樹だけは、声に反応して七緒を見上げている。

「声が」

おれは、九カ月ぶりに沈黙を破った「出ちゃった」

だが、ひと息でひとことしか言えない。発声と同時に、ほとんどの空気がカニューレのほうから抜けてしまうからだ。声帯をとおる少量の空気で、数文字ずつ話すのが限界だった。

「すごいよー、瑳久くん！　フユー、パパすごいよー！」

「カん」「だら」「出ちゃった」

声が出た理由ははっきりしない。肺から高圧で噴射された呼気が、弾丸のように喉の閉塞部を突破したのかもしれない。でも、なんにせよ、松見さんと二人三脚でつづけてきたリハビリを、中谷さんが力ずくで結実させてくれたのだ。

「すごいですよッ！　岡田さんッ！」

おれの声をはじめて聞いて、中谷さんが興奮する。手にしている電動ベッドのリモコンを握りつぶしてしまうくらい、前腕の筋肉が隆々と波打っている。

「びっくり」「しました」

「わたしたちのほうがびっくりだよー」

病室のボルテージが上がるのにつられたのか、とても楽しそうな笑顔で、冬樹が拍手をはじめた。

「ねー、嬉しいねー」

七緒も一緒に拍手する。

冬樹は、きっとなにもわかっていない。でも、なにかとてもいいことがあった。そう感じてくれていることが、おれはたまらなく嬉しかった。

「フユ」

名前を呼ぶと、冬樹は一層、賑やかな拍手を打った。「ありがとね」

中谷さんが、プロレスラーみたいな背中をおれたちのほうに向ける。本人は、感極まっているのを隠せたつもりでいるかもしれないが、小刻みに揺れる黒のシャネルがそうはさせない。

「ちょ、ちょっと、待っててもらえますか。リエ、ああ、ああ、なんでもありません。あの、はい。もちろん、なんでもありません。松見さん、探してきます」

極度の感動のせいでパニックになったらしい中谷さんが、さらに動揺して病室を出ていく様を、おれたち三人は黙って見ていた。

「瑳久くん」

「ん？」

「動揺してたね、中谷さん」

「してたね」

「そりゃあそうか」

「リエ」「だもん」

「松見さんの下の名前、知ってる？」

「リエ」「だね」

「そっか。リエって言ったよね、中谷さん」

「言った」

「つきあってるのかなあ、中谷さんとリエ」

「たぶん」

「あの感じだと、だれにも言ってないね」

「そうだね」

「なのに、バレちゃってねえ」

「ねえ」

「リエの苗字、なんでしたっけ？」

「松見」「です」

「リエを探してきます、だって」

七緒との九カ月ぶりの会話は、「リエ」を連呼するという、わるふざけで再開したのだった。


「えー、ホントにー？」

最後のひと押しを押すのが中谷さんだったなんて、夢にも思っていなかったであろうリエの――松見さんの裏がえった声が、廊下から聞こえてくる。

「瑳久くん、顔に出しちゃダメだよ」

「もちろん」

「フユもいいね？」

「リーエッ」

七緒が慌てて冬樹の口をふさぐ。どうやら連発しすぎたらしい。

「失礼しますッ」

松見さんの顔は興奮を隠しきれず紅潮していた。中谷さんの顔も紅潮しているが、それが興奮だけに由来するものでないことを、おれたちはよくわかっている。

「声が出たって本当ですか？」

出ましたと答えると、松見さんは「すごいです」を気前よく連発し、「毎日、会っていたのに、なんだかはじめましてって感じがします」と、おれの声が新鮮でたまらないという風情だった。

こちらにしてみればお二人のほうがよっぽど新鮮ですが、と踏み込みたい気持ちを隠し、「たしかに」「そうかも」「しれま」「せんね」と白々しく答えた。

「そうだ。これ、ちょっと使ってみましょう。いまのままだとカニューレからも空気が抜けるので、喋るのは結構、大変なはずです」

松見さんが手にしているのはスピーチバルブだ。カニューレの先にはめ込んで、ふたのような役割を果たす。これを使うと、吐いた息はすべて声帯をとおって口に抜ける。

「どうですか？」

「うわあ、メチャクチャ喋りやすいです。使わないと、ひと息でひとクォットって感じでしたけど、これナッら、はい。スゥゴックいいです。いやあ、いいです。松見さん、ありがとうございます。イッやあ、いい。いーよねー。ねー、フユー。七緒もねー、いーよねー」

　九カ月ぶりの声を無駄遣いするおれを、「ひとまず、喋りすぎじゃない？」と、七緒が静かにたしなめてくるが、おれはそんなことでひるんだりしない。

「ソッりゃあ、仕方ないよ。待ちに待ってたからね。言ってみれば、ヒッタムッキに喋ってるってことになるよね」

「はいはい、わかりました。それにしても、妙なアクセントはあいかわらずだね」

　あしらおうとする七緒に、おれは松見さんを巻き込んで応戦する。

「松見さんなんて感動しかないと思うよ。そうですよね、松見さん」

「はい、すごく嬉しいです」

「ほら、ごらんよ。松見さんは感動してるじゃないか」

「いやいや、そんなふうに訊かれたら、だれだってそう答えるって。もちろん、わたしだって感動してるよ。してるけど、喋りすぎたんだね、はじめから。やっぱり最初は、たとえばかすれた声で、どうにかひとこと、はかなげにことばを絞り出す、みたいなほうがよかったかもね」

「じゃあ、治りすぎてるってこと？　それはそれで、アッレだよ。松見さんに失礼ってもんだよ」

「松見さん、すみません。うるさくて。でも、前に言ったでしょ？　声が出るようになったら気をつけたほうがいいって」

「はい、これからは気をつけます」

「いや、松見さん。それは困ります」

松見さんに絡むのはここまでかと観念しつつ、おれは最後のわるあがきの矛先を中谷さんに向けた。「それよりも、まさかですよね。理学療法の時間に声が出るなんて」

「ホントですよ、もー。なに勝手なことしてんのよー、中谷くんッ！」

思惑どおり、松見さんに肩を思い切りひっぱたかれた中谷さんが、軟弱な声で謝罪する。

「気が利かなくて、ゴメンなさい」

病室からは、賑々しい病棟の中でもひときわ騒々しい笑い声が、ダムの放流みたいに盛大に流れ出していた。


その日の夜のことだ。

昼間の理学療法を端緒として、ちょっとした騒動が起きた。

車椅子でトイレに向かう。だいぶ歩けるようになったとはいえ、転倒の危険を考慮し、リハビリの時間以外は車椅子で移動するよう指示されている。

それは突然のことだった。

「カワイイって言えッ！　言わなきゃ入らせない」

夜勤の小関さんが、そう言ってトイレの入口に立ち、おれの行く手を阻んだのだ。

おれはその暴挙に一瞬たじろいだが、応じるつもりはないと、毅然として首を横に振った。だが、小関さんは小関さんで、一歩たりとも引く気がない。

「ダメ！　カワイイって言えッ」

それならばと、おれは車椅子ごと体当たりして、小関さんもろともトイレに突入しようと試みた。だが、まだまだ非力なおれの筋力では、小関さんに弾きかえされるばかりだった。

結局、尿意との兼ねあいもあって、不本意ながら敗北を認めるしかなくなったが、こっちも誇りを捨てるつもりはさらさらなく、あえて口パクで「ハイハイ、かわいいです」と答えた。ところがその瞬間、「おやあ？　声が出たって聞いてますけどお？」と、最後の誇りまで呆気なく取り上げられ、小関さんの要求どおりに「カワイイです」と、おれは渋々、声に出し、トイレに入れていただいた。

今後はまず、レントゲン検査で喉の状態が正常に戻っていることを確認する。その後、スピーチバルブをつけた状態でも支障なく過ごせるようなら、数日以内にカニューレを抜《ばっ》去《きょ》することが決まった。

幸せなことなんだろうな――。

便座に腰を下ろし、用を足しながら、そんなことを考える。声が出ただけで、まわりの人間がこんなにも喜んでくれる。小関さんも例外ではない。これはこれで、小関さんなりの表現方法なのだ。

声が出る。ことばを喋る。ふつうは赤ん坊でもない限り、そんなことくらいで喜んでもらえたりしない。なんだか得した気分だ。

つぎは父親と母親に喜んでもらおうと決めていた。七緒にも、声が出たことをふたりには伝えないでくれとお願いしてある。

退院の目処がつかない中、ふたりはこの四月から、おれたち家族をサポートするためにひたちの市にアパートを借りて住みはじめた。それまでのおよそ五カ月は、毎月、一週間から十日ほど、市内の短期賃貸マンションを利用して、見舞いに来てくれていた。だが、おれの入院がさらに長引くなら、いっそ市内にアパートを借りるほうが、退院時期を気にすることなくサポートできると、常々、考えてくれていたようだ。

見舞いのたびに実家から片道五時間をかけて移動するのが大変など、決心した要因はきっといくつもあったのだろうが、たとえばその中に、孫の成長を近くで見たいからというような、前向きな理由も含まれているといいなと思った。

もちろん、両親は実家を手放してこっちに来たわけではない。おれが退院し、日常生活を問題なく送れるようになれば、ふたりはアパートを引き払って実家に戻るつもりでいる。だが、それでも、ふたりにとって大きな決断であったことにかわりはない。そうさせてしまったことについて、申しわけないという気持ちは、当然だが大いにある。ただ、先の見えない闘病生活を、ふたりがすぐそばにいて支えてくれるのは、こころ強いというのもまた本音だった。

明日、ふたりが来たらどうするか。まずはいつもどおり口パクで会話するか、それともいきなり声を出してみようか。「おー、なんだい？」とか言って。でも、昼間の感じだと、噺家みたいな小気味いいリズムは感動を薄めるだけだ。絞り出すようにひとことずつ。それが肝心だ。

まずは口パクで、ちょっと話があるとかなんとか言ってもったいぶろうか。それでいきなり「父さん」って言うのはどうだろう。数日後が誕生日の母親には「誕生日おめでとう」って言うのもいい。ちょっと早いけど。涙もろいひとだから、こんなに嬉しい誕生日プレゼントはない、と泣くだろうか。

まだ入院生活はつづく。終わったわけじゃない。でも明日くらい、ふたりに感謝を口にしてもいいはずだ。

ありがとう――。

いままでごめん、は必要ない。つけ加えるとしたら、まだもうしばらくお願いします、くらいだろうか。

一回のありがとうで、ふたりにかけた心配を帳消しにはできないし、ふたりにかけてもらった愛情のおかえしにもならない。それでも、ふたりはきっと大事にしてくれるだろう。小さいころにあげた「かたたたきけん」くらいに。

ほかに言わなきゃいけないこと、あるだろうか。今夜は眠れそうにない。

第四章　青　天

二〇一六年、年末——退院後、四年二カ月。

おれの指の確認作業からはじまった、土居さんとの三年半ぶりの再会は、まさしく宴もたけなわを迎えていた。腹も膨れ、この先は残りものをつまみながら酒をちびちびやるだけになりそうだ。

〈そろそろ話しておかないと〉

おれはまだ今日の目的を果たせていなかった。入院中の話にはじまって、話が時系列どおりに進み、どの話題もなんだかんだと盛り上がったせいで、この秋に目標を達成した話はまだできていなかった。盛り上げたのはおれのほうだから、自業自得と言えばそれまでなのだが。

おれはいまこのときとばかりに、居住まいを正した。

「そうでした」

それなのに、先に口を開いたのは土居さんのほうだった。「岡田さんがびっくりする話があるんです」

後手にまわった格好だが、土居さんの持ってきた話の内容は、先まわりしてすぐに察しがついた。謙虚な土居さんに限って、自分に関する話を「びっくりする」と形容することはないし、期末試験でいい点を取った高校生みたいに嬉しそうな顔をしていて、おれがびっくりするようなこととなると、可能性はひとつしかない。

「中谷くんと松見さんなんですけど」

「結婚したんですか？」

おれが即答したことに、土居さんは驚きを隠せない。

「えッ！　どうしてわかるんですか？　この前、式を挙げたばかりなんですけど。でも、岡田さん、すごいですよ。ぼくなんて、つきあってたのさえ知らなくて、いきなり、松見さんと結婚するって聞かされたときはびっくりしたんですから」

入院中のエピソードはまだ伏せておこう。ぼくは入院中から知ってましたけどね、のひとことは、うぶな土居さんをもう少し泳がせてからでも遅くない。むしろ、そのほうが効果的というものだ。

「へー、そーなんですかー」

おれは白々しく優越感に浸り、さらにつづけて確信に近い推測を口に出した。「中谷さん、終始ガッチガチだったでしょ？」

「なんでそんなことまでわかるんですか？」

土居さんが、ことごとくタネを見破られた新米マジシャンみたいに驚く。

リハビリ病院の入院と退院後の外来、あわせて二年二カ月。そのあいだにつくり上げた「中谷真」の人物像に大きな狂いはないはずだと、おれは自負していた。

実直に、良質なリハビリを提供すること。それが中谷さんの信念であることに疑いの余地はない。中谷さんが肉体を鍛え抜いたのも、文字どおり、患者を支えていくという覚悟の表れにちがいない。

ところが、筋力トレーニングに気を取られるあまり、胆力のほうがおろそかになった。中谷さんのハートは、朝に咲き、夕方には散りゆく可憐な沙羅の花のごとくで、早い話が、ガタイの割に度胸がない。彫刻みたいな筋肉を隆起させ、石橋を叩くだけ叩いたくせに渡れないという小心具合。図体が羆《ひぐま》でもハートは雀なのだ。

これからはきっと、筋力なら中谷さん、胆力なら松見さんという具合に、夫婦のあいだの役割分担は明確なものになるだろう。

おれは、声が出た日のことを思い出した。松見さんひとりでは突破できなかった喉の閉塞を、最後は中谷さんがこじ開けた。そういう意味では、披露宴のケーキカットではなく、あれがはじめての共同作業だったと言っていいかもしれない。

「土居さん」

めでたい話が一段落したところで、おれはいよいよ、二カ月前の話を切り出した。「ぼくも、土居さんに聞いてもらいたい話があるんです」

「本当ですか。是非、聞きたいです！」

土居さんが青春ど真ん中みたいな目になって、身を乗り出してくる。

「実は、この秋、フユの」

「この秋冬、ですか？」

「あっ、いや。秋冬、じゃなくてですね」

簡単にいくどころか、出だしから難航した。「二カ月前、今年の十月です。秋です、秋。この秋にですね、冬樹の、えっと、ぼくらはフユって呼んでるんですけど」

「ああ、すみません。わかりました。この秋に冬樹くんがどうしたんですか？」

「はい。この秋、フユの、あっ、冬樹の」

「いつもの呼び方でいいですよ。フユくん。じゃあ、春樹くんはハルくんですか？」

「ええ、そうです。フユとハルです」

なかなかスムーズにいかない。でも、それでいい。土居さんに伝わってくれれば、不格好でも構わない。

「この秋に、フユの小学校の運動会があったんです」

「運動会。え？　運動会って、もしかして」

やはり、土居さんは覚えてくれていたようだ。

「はい、そうです」

それは、退院する少し前だった。

――リハビリ室から病室に戻る途中、土居さんが、「退院したらやってみたい、目標みたいなものはありますか」と訊いてきた。

しばらく前から、退院後の生活を視野に入れたリハビリがはじまっていて、日常生活レベルのやりたいことについては、その都度、土居さんに伝えるようにしていた。だから、土居さんの言う「目標みたいなもの」とは、長期的に目指すゴールのようなものなのだろう。

おれには、装具を外して歩けるようになったころからの目標があった。それは、ふつうのひとなら背伸びするだけで届いてしまうくらいのものだ。でも、おれは頭の中でいつもそれを掲揚台の一番高いところに掲げていた。

だが、軽々しく口にするのは避けてきた。内容が平凡だからという理由で、その価値まで大したことないと思われてしまうのがこわかったのだ。

だから、土居さんに限ってそんなはずないとわかっているつもりでも、声はどうしたって控えめになった。

「からだがもっと動くようになったら」

でも、頭のどこかで、土居さんの耳にずっと残ってくれればいいなと思っていた。「いつか、冬樹の運動会でリレーに出てみたいです――」

◆

二〇一五年、年末――退院後、三年二カ月。

近くのファミレスで、おれは同い年の義兄、拓三《たくみ》くんの話につきあっていた。話の中身は、熱のこもった自慢話だ。

「運動会で、おれら三人がはじめて一緒に走ったのは、おれが一年のときの児童地区対抗リレー、男子の部だった」

拓三くんは、七緒と同じ朝日小の出身だ。四歳年上の修一《しゅういち》さん、二歳上の圭二《けいじ》さん、そして拓三くんの三兄弟は、問答無用に走るのが速かったようだ。

リレーには、東西南北の四つの地区から各学年ひとりずつ、合計二十四人の猛者が参加する。東地区は、第一、三、五走者に野島三兄弟を並べた布陣で挑み、二位にトラック半周近い大差をつけるという圧勝ぶりで、朝日小の全児童、全教員、全保護者を震え上がらせたらしい。

「つぎの年も、そのつぎの年もおれたちは圧勝して、結局、圭兄《にい》が卒業するまで負けなしの四連覇だったんだよ」

拓三くんがはじめて優勝を逃したのは、五年生のとき。兄ふたりがいないはじめてのリレーだった。

二位でバトンを受けた拓三くんは、東地区の期待を一身に背負って、十メートル近くあった先頭との距離をぐんぐん縮めていった。最後のカーブに入る手前でぴたりと背後につけ、直線に入った瞬間、一気に抜き去った。

「イメージどおりだったんだよ、そこまでは。でも、完璧にイメージどおりっていうのがよくなかったみたい。油断したんだよね、最後で」

直後、拓三くんはアンカーの六年生とのバトンパスに失敗した。拓三くんのほうが一瞬だけ早くバトンを放してしまったせいで。

「しばらくは当然、落ち込んだ。でも、それがあったから成長できたっていうのはまちがいなくある。一年のときから勝ちつづけてたから、いつのまにか走れば勝てると思ってたんだよね」

そして挑んだ最後の地区対抗リレー。アンカーの拓三くんは、最下位で静かにバトンを受けた。

十五メートル先を行く南地区。五メートル先で二位争いを繰り広げる北地区と西地区。会場の視線は、優勝確実の南地区ではなく、実力が拮抗した北と西の二位争いに集まっていた。

「当然、ダントツ最下位のおれなんて、だれも見てなかった。でもね。ほんの数秒で運動場の空気が一気にかわった。だって、最初のカーブを抜けたところで二位につけてたのがおれだったんだから」

コップやら皿やらをテーブルの端に寄せて確保したスペースを、運動場のトラックに見立て、拓三くんがそこからのレース展開を指で再現しはじめた。本部席にいる放送委員の興奮した実況つきで。

「東地区が来ました！　最下位でバトンを受けた東地区！　最初のカーブ、一番外からすごい速さで、一気にふたりをー、かわしましたーッ！」

「速い！　速い！　まるで風です！　会場のみなさん！　東からの強風にご注意ください

いッ！」

「堪《こら》えるか、南地区！　捕らえるか、東地区！」

「来た、来た、東地区！　だが、南地区もまだ粘っている！」

「さあー！　最終コーナー！　ここで東地区、横に大きく広がったー！」

「定石どおりのアウトインアウトー！　南地区の真横につけたー！」

「東地区、伸びる！　ここに来てまだ加速するッ！　驚異の脚ッ！」

「南地区を突き放す！　信じられない！　時間さえ置き去りにするーッ！」

「東地区の野島拓三、いま一着でフィニーッシュ！」

「だれがこの結末を予想できたでしょうかー！　戦慄の東風が、いまだ会場に吹き荒れています！」

「まさに、できすぎたシナリオッ！　東の野島三兄弟！　その伝説が、三男、拓三の手によって、いや脚によって、いまここに完結ですッ！」

「って言ったか？　言ったのか？　それホントに、小学生が」

　おれは、拓三くんの指がテーブルから離れたところを見計らい、自画自賛がいきすぎて自作自演のにおいしかしない話に割って入った。「東からのセンリツのキョーフーッ、とか、伝説がここにカンケツッ、とか。だいたい、拓三くん、この前とずいぶんちがうぞ。

距離が前より増えてるとか、それ以外にもいろいろ」

「え、そうだっけ？　まあ、いいじゃない。六年間で五回、優勝したのはホントなんだから。で、そこからだよ――」

拓三くんのこの手の話は、無駄な脚色も多いが大筋は正しい。七緒に訊いてみても、野島三兄弟はたしかに有名で、中学や高校では、県内屈指の選手としてその名を轟かせていたようだ。

拓三くんによると、野島三兄弟の四連覇以降、児童地区対抗リレーで連覇を果たした地区はひとつもないらしい。それから、これもあくまで拓三くんの話だが、どこかに一定数いるというコアな地区対抗リレーファンは、保護者リレーでの野島三兄弟の復帰と、東地区の復権をこころ待ちにしていたらしい。

ところが、実際に東地区に戻ったのは長男の修一さんだけだった。

圭二さんと拓三くんがそれぞれ南地区と西地区に入ったというニュースに、ファン連中は「そう来たか」と唸ったという話だ。そして、いずれ訪れる三兄弟の激突を肴に、難解な味の酒でものんでいるかのような面差で、混戦必至の読めないレース展開に頭を悩ませたらしい。酒量にあわせてだれがどの地区だか混乱しそうなものだが、拓三くんの話を聞く限り、麻雀好きでもあるファン連中に限ってそれはなさそうだった。

麻雀の東《トン》、南《ナン》、西《シャー》、北《ペー》という四種類の風牌《かぜはい》の並び順と、疾風のごとき野島三兄弟の生まれ順が一致するからだ。

修一が東地区、圭二が南地区、拓三が西地区――この「風の法則」という革命的な大発見以降、どんなに酩酊しても、三兄弟の地区をまちがうものはいなくなったらしい。

朝日小の運動会の保護者競技はふたつ。綱引きと地区対抗リレーだ。

綱引きに人数制限はない。つまりは、人数を多く集めた地区が単純に勝つだけということで、競技としての前提に大いに疑問が残るものの、地区の結束力の勝負という認識の上に、どうにか成り立っている。応援に来ている親戚が加担するだけならまだしも、最近では「結束」という旗の下、農業研修に来ている若手外国人研修生までが参加する地区もあるほどだ。

地区対抗リレーのほうは、各学年の保護者代表がひとりずつ参加する。学年順に走る児童地区対抗リレーとちがって、六人の出走順に決まりはない。また、さかのぼれば男女三人ずつが出場する決まりもあったようだが、ある年、ある地区が、ある理由で、男性四名、女性二名で出場し、優勝をかっさらってからというもの、全地区が四・二を採用するようになった。四つの地区は、机の上でモラルの握手を交わし、机の下で互いのすねを蹴り上げることで、危うい男女比の均衡を保っている。

今年の十月におこなわれた運動会の保護者地区対抗リレーでは、アンカーに野島三兄弟が顔を揃えた。修一さんは四回目の出場、圭二さんが五回目で、拓三くんが初出場。実に二十九年ぶりとなる、それぞれが一騎当千の三人の揃い踏みは、コアなファンにとって垂涎ものだったにちがいない。

おれもこのときはじめて三人の走りを見たが、たしかに圧巻のスピードだった。

結果は、修一さんのいる東地区が優勝。西地区は二位に甘んじた。

「あれは完全に修兄にやられた」

拓三くんが順を追って敗因を説明しはじめた。「瑳久くんも見てたからわかると思うけど、バトンが渡った瞬間は、まあ、差っていうほどの差じゃなかったんだけど、一位が修兄で、二位が圭兄だったんだよね」

「そうだったね」

「おれがいない去年までだったら、修兄、最初から圭兄を突き放しにかかったはずなんだ。でも、今年はおれが、三位って言ってもすぐうしろにいたから、第一コーナーに入る手前でわざと圭兄に抜かれたんだよ」

「やっぱりそうか。なんか妙な感じがしたんだよ」

「前を走るのがあのふたりでも、ばか正直に勝負してくれてたら勝つ自信はあったんだ。

でも、最終コーナーを抜ける直前まで修兄はおれの進路をふさぐことに集中してた。絶妙なタイミングで外に膨らんだりとか、まあ、いろいろと」

「そんな駆け引きがあったんだね」

「そう」

「じゃあ、裏をかえせば、修一さんはそうやっても圭二さんに勝てる自信があったってこと？」

「いや、たぶん賭けだよね。あのふたりの力は拮抗してるから」

「ほお。そこまでのリスクを冒さないと、拓三くんは抑えられないと」

「まあ、そういうことですな」

　拓三くんがわざとらしく照れ笑いする。「でも、さすがに並走するあのふたりを大外まわりで一気に抜くのは、直線がもっと長いトラックならまだしも、朝日小のトラックじゃあキツいね。実際、最後の直線で圭兄を抜くのがやっとだった」

「なるほど」

「でも、それがわかっただけでもよかった。あれをやられたら、どうあがいても勝てない。でも逆に言うと、二位でバトンを受ければ優勝できるってことだよ。どっちが前を走っても関係ない」

「言うねえ」

「でも、来年は圭兄、かなり気合い入れてくるだろうね。今年はおれたちふたりにゴール直前でやられちゃったから」

「たしかに。来年が楽しみだねえ」

「楽しみダネー、じゃないんだよ、瑳久くん。一緒に出ようよ。来年からフユが朝日小に入るんだから」

「え？」

心臓がトランポリンでもするみたいに、横隔膜の上で大きく跳ねた。「いや、でも、それって。拓三くんの独断じゃあ、決められないでしょ？」

おれは恐る恐る訊いた。

「なんで？　大丈夫だよ」

拓三くんがこともなげにかえす。「みんな出たがらないから」

だいぶ前からなんとなく気づいてはいたが、保護者地区対抗リレーにここまで熱心なのは、やはり野島三兄弟と一部のコアなファンだけらしい。

「でも、決めるのって、地区じゃなくて学校の先生とかＰＴＡとかじゃないの？」

「いや、基本は地区に一任されてるね。おれ、消防とか夏祭りとか、地区の仕事、結構やってるから、若手の中ではそれなりに発言力あるし、なにより瑳久くん」

「ん？」

「おれがいないと西の優勝は無理なんだから、リレーに関しておれにごちゃごちゃ言うひといないって」

修一さんと圭二さんの復帰以降、西地区が優勝から遠ざかっているのをいいことに、拓三くんが優勝請負人としての威厳をちらつかせてくる。

「そっか。でも、今年も負けたよな？　拓三くんがいるのに」

「それはあれだよ、あれ。あの、まあ、とにかく来年は勝つ。だから一緒に出ようよ」

「でも、おれでいいの？」

「うん。おれ、近くでずっと見てきたじゃん。瑳久くんが歩けるようになって、走れるようになって、よくなっていくの。だから、一緒に走りたいんだよ」

ファミレスなのに泣かせることを言う。でも、泣かせることを言う権利が、拓三くんにはたしかにあるのだ。

――入院中、ベッドサイドには千羽鶴がふたつ、吊り下がっていた。ひとつは母親、七緒と絵美さん姉妹の三人が折ってくれたものだ。もうひとつは、拓三くんがくれたものだ。拓三くんのほうには、拓三くん自身が折ったものだけでなく、高校教員という立場を濫用して生徒に手伝わせたものも一部、含まれていた。

「生徒には、大事な弟が大変な思いをしているから、願いを込めてしっかり折るように言ってやった」

　恥ずかしげもなくそう言って胸を張るところが、いかにも拓三くんらしかった。おれの顔も知らないまま巻き込まれた生徒たちにはもちろん同情したが、それよりも、腰に手を当て、千羽鶴を満足そうに眺める拓三くんの姿が、おかしくてしょうがなかった。

　あるとき、拓三くんが大きな紙袋を持って病室に入ってきたことがあった。中からなにが出てくるのか、ひとまず眺めていると、拓三くんは「瑳久くんが好きなやつ、ゲットしてきたから飾っといてよ」と言って、おれの大好きな漫画のフィギュアが入った箱をふたつ、妙な効果音と一緒に袋から取り出した。それぞれ、コンビニの一番くじとゲームセンターのクレーンゲームで手に入れたものらしく、入手までの過程を面白おかしく聞かせてくれた。

　さらにつづけて、「これはヤバイよ、相当」と興奮気味に紙袋から取り出したのが、その漫画の作者の直筆サイン入り色紙だった。色紙の中央では、漫画の主人公が『ふんばれ』と、頼もしい笑顔でひとこと、おれにエールを送ってくれていた。

　はじめは、拓三くんの書いた偽物にちがいないと疑ったが、それは正真正銘の本物だった。話によると、ある教え子の親戚筋にその作者の右腕なるひとがいるらしく、教え子経由で、おれの回復を願う強烈な思いとともにサインをお願いしたら、快諾してくれたというのだ。拓三くんの、だれかれ構わず巻き込む剛腕に、正直、感謝よりも驚きのほうが大きかった。病室に飾って盗まれては大変なので、実物は七緒に持って帰ってもらい、病室にはサインの写真を飾ることにした。

「リハビリで汗かくくらい動けるようになったら着てよ」

　そう言って、拓三くんが好きなスポーツブランドの、拓三くんの話では結構レアだというTシャツをプレゼントしてくれたこともあった。寝たきりが長かったせいで、本格的なリハビリをはじめるころにはすっかり痩せてしまっていたから、サイズは少し大きめだったが、ありがたく使わせてもらった。

「装具、使わなくなったら、歩くときに履いてよ。抜群にフィットするし、びっくりするくらい軽いから」

　さすがは元陸上部だ。拓三くんが買ってきてくれたシューズは、クッション性も申しぶんなく、通気性にも優れていて、足裏に汗をかきやすいおれにはもってこいだった。元陸上部というところで言えば、下半身のストレッチやマッサージもさすがの腕前で、癖になる気持ちよさだった。

それ以外にも、県内外の有名な寺社のお守りを買ってきてくれたり、おれを励ますために、有名詩人の詩を書き写し、小さな額に入れてベッドサイドに飾ってくれたりした。額の中には、拓三くんが見つけた四葉のクローバーが一緒に入っていたが、クローバーの緑色は、退院するよりもずっと前に抜けてしまった――。

「だからさ。おれにバトンつなぐの、瑳久くんしか、うん。いないよ」

拓三くんが威勢よく右手を差し出す。「それにおれ、そういうの背負って走るほうがスピード上げられちゃうタイプだし。わかるでしょ？」

おれは内心やる気しかないくせに、わざわざ芝居がかった間を取ってから、その手を握りかえした。

「わかった。勝とう」

運動会の保護者リレーごときで、いい大人ふたりがファミレスらしからぬ気概をみなぎらせる。

「瑳久くん、手汗ヤバイね」

「仕方ない。高ぶりがトッまんないもの」

「左手の握力も同じくらい？」

「そうだね。どっちも十キロいかないかな。疲れてたらもっと落ちるけど」

「バトン、問題ないかな？」

「太いから大丈夫だと思う。それに、来年の十月はいまよりクァクジッツに強くなってると思うよ」

おれの心臓はもう、後方宙がえりにひねりまで入れられそうなくらい、跳ね上がっていた。


正月を挟み一週間ほど、おれは真剣に悩んだ。ファミレスでは出場する意向を表明したが、日ごと冷静さを取り戻すにつれて、頭のそこかしこから不安の芽が吹き出したからだ。脚力は、だいぶ回復したと言っても、まだ完全じゃない。ここから十カ月でどこまで回復するか。出場するにしても、あと二、三年先のほうがいいんじゃないか。ずっと目標にしていたが、それはおれの勝手な都合だ。おれのせいで負けるかもしれない。おれが走る時点で端から負けは見えているんじゃないか。負けたら冬樹と春樹はどう思うだろう。西地区の人間はどう思うだろう。それが原因で、冬樹が西地区の友達にばかにされたらどうする。推薦した拓三くんの立場はどうなる。

拓三くんの申し出を受けるべきか、七緒の意見を仰いでみると、「よかったじゃん。出なよ」と、晩ご飯の準備の片手間に軽くかえされた。「お風呂の準備、まだなんだ」と、ついでの用事まで頼まれて。

おれは風呂場で、七緒のあっさりした返事の意図を解釈しはじめた。

悩むようなことではない。もっと気楽でいい。純粋に楽しめばいい。保護者地区対抗リレーは、あくまで運動会の一競技でしかないのだから——七緒はきっと、おれにそう気づかせたかったにちがいない。

さすがは七緒だ。小さじ一杯ぶんもない薄味の返事の奥の奥に、こんな隠し味が秘められているとは。

右手に持ったスポンジが、いつになく軽快に浴槽の壁を滑っていく。

もしかすると、美食家も唸る幸せな勘ちがいで、七緒本人もまったく隠した覚えのない隠し味を勝手に見出しただけかもしれないが、おれの思考の中にそんな疑念が入り込む余地はない。

おれは、七緒がそこまで言ってくれるならと、ひとり風呂場で出場の意志を固めなおした。


一月中旬から、おれは気負いもそこそこにトレーニングを開始した。

トレーニングメニューは拓三くんが考えてくれることになったが、具体的にどんなメニューにするか、まずは拓三くんの前で実際に走ってみることになった。約五十メートルの直線。ゴール手前、十メートルのところに拓三くんが立ち、二十五メートル付近に目印のコーンが置かれている。おれは拓三くんの指示どおり、コーンまでにしっかりと加速し、後半の二十五メートルを全力で走った。

「お疲れ。全力で走ってみてどう？」

拓三くんは自分の考えを口にするより先に、おれ自身の感触を聞きたがった。

「まずは、そうだね。筋肉とか関節に痛みや違和感みたいなものは出てないから、からだのほうは問題なさそう。それから、全力を出したつもりなんだけど、イメージしてるスピードの七、八割しか出せてない気がするかな。でもそれは、病気のせいっていうより、なんて言えばいいのかな。そもそも、どうやったら速く走れるかがわからなくなってるっていうのかな。ごめん、曖昧で。まあ、あとは年齢もあるか。三十代後半だし」

おれがそう言うと、拓三くんは、時間がかかってもいいから走る感覚を思い出すところからはじめようと言った。

「瑳久くんの感触としては大丈夫かもしれないけど、やっぱり病気のこともあるから、まずはじっくり、二、三カ月かけて様子を見たほうがいい。おれから出ようって誘っといてなんなんだけど。それで、十月の運動会まで長丁場だから、ケガなんかしないように、冬場はフォームを整えるのに専念しよう」

　拓三くんはそう言って、おれのフォームの改善点を簡単に説明してくれた。脚の着地位置、振り上げた脚の動かし方、両腕の使い方や上体の安定性、そのほかにもいろいろと。

「さすがだね。ちょっと見ただけなのに。でも、フォーム直すだけじゃあ、速くなんないでしょ？」

「いや、それがそうでもない。まあ、春にはわかるよ」

「ホント？　楽しみだなあ。あと、そうだ。筋トレは？」

「やるなら、上体のブレをなくす体幹のトレーニングと、腸腰筋《ちょうようきん》っていう、まあ、名前はどうでもいいんだけど、脚のインナーマッスルを意識するくらい。あとは走ってるうちに自然とつくから、それでじゅうぶん」

　フォームの改善に向け、おれは拓三くんのアドバイスをひとつずつ丁寧にこなした。これまでの感覚が抜けないうちは、修正したフォームにどこか窮屈さを感じていたが、一カ月もすれば気にならなくなった。

　だが、フォームがからだに馴染み切っていないせいだろう。スピードを上げていくと、どうしてもフォームが乱れてしまう。おれはその都度、入念にフォームの調整を繰りかえした。

そして四月、およそ三カ月ぶりに全力で走って、おれは驚いた。前回も今回もタイムを計ったわけではないが、明らかに速くなっているのがわかる。

「拓三くん、ナッにこれ！　前に走ったときと全然ちがうよ！」

「うん、いい感じだね。違和感とかもない？」

「まったくない。気持ちいいくらい」

「よし。じゃあ、からだのほうは大丈夫そうだから、追い込んでいきますか、いよいよ。やり方はいろいろあるけど、ひとまず無理のないペースでやっていこう。本番まで半年あるから、まだまだ速くなるよ、瑳久くん」

「もちろん。病気になる前より速くなってやるんだ、おれは」

五月に入ってすぐ、おれは実際に朝日小のトラックを走ってみた。直線はいつもと同じ感覚で走れたが、カーブに入ると勝手がちがった。直線よりもスピードが落ちてしまうのだ。

「これって、どうしようもないの？」

「大丈夫。カーブにはカーブの走り方っていうか、気をつけるポイントがいくつかあってね。それができるようになれば大丈夫」

「たとえば？」

「うん。いま見てて、一番の問題はからだの軸が内側に傾きすぎてること。軸が地面に対して斜めになるのはよくないんだ」

「なるほど」

「ほかにも、簡単なところだと腕の振り方や視線を意識するといいかな。まあ、それはこれからの課題として、いまのタイム、測っといたからね」

「ウソ、いつの間に？　先に言っといてよー」

「だって、言ったら力むでしょ？　じゃあ言っとくけど、これからは月一回、トラックでタイム計るよ。やっぱり、自分が速くなってんの、数字で実感したほうがいいからね」

　そこからも、おれたちはふたりでトレーニングをつづけた。

　夏が近づくにつれ、おれはほぼイメージどおりに走れるようになっていった。きっとこれは、脚力が完治したサインにちがいないと、おれは図に乗って拓三くんに挑戦したが、手加減して前を走る拓三くんに必死な顔をしてついていくのがやっとだった。

　十月八日。運動会まで残り一週間。最後のタイム計測の日だ。

　拓三くんの合図でスタートを切る。前傾のまま徐々に加速し、上体をスムーズに起こしていく。脚が着地した瞬間、つぎの一歩が無理なく振り出される。地面からの反作用が効率よく推進力に変換され、重心がブレることなく前進する。腕の振りが走りにリズムを生み出していく。

おれは、拓三くんほどの疾風とまではいかないが、そよ風くらい巻き起こせている気分で走りつづけた。ゴールしたあと、拓三くんが嬉しそうに見せてくれたストップウォッチには、自己新記録が刻まれていた。

◆

二〇一六年、十月十五日、運動会当日——退院後、四年。

午前四時半、起床。

拓三くんが広言したとおり、なんの問題もなく第五走者として保護者地区対抗リレーにエントリーしているおれは、実際のところ三十分前から起きていた。もう少しまどろめないものかとベッドの中で散々粘ってみたが、結局は夏日の予報の日の出より、弁当の準備で早起きする予定の七緒より、運動会に向けて数日前からテンションが上がりっぱなしの冬樹より先に、恥ずかしながら起床したのである。

午前五時、冬樹、起床。

「オッハヨッヨビョーン！」

日中並みの声量を伴い、ビョーンのところでジャンプしながら、冬樹がリビングに入ってくる。

「ビョーンじゃないって。何時だと思ってんだよ」

おれは、自分が身支度を全部すませ、ストレッチしながら早くもリレーに向けて気持ちをつくっている四時起きだという事実をすっかり棚上げし、血は争えない五時起きに、父親らしく四の五の注意した。

午前五時半、七緒と春樹がリビングに入ってくる。

「あ、お母さんとハルだ。おはよー」

「おう、おはよう。早いね」

「それ、こっちのセリフ」

運動場にいてもおかしくない仕上がりのおれたちを見た七緒は、開口一番、鼻で笑った。

「声とか足音でハルまで起きちゃったし。それにこの部屋だけなんでこんなに暑いの？」

「おれとフユの熱気のせいだな」

「何時だと思ってんのよ」

午前六時、運動会の開催を告げる空砲が鳴る。

「よし、じゃあ、テントの設営に行ってくるわ」

どの地区もそうだが、保護者控え席のテントは、当日の早朝に低学年と中学年の父親が中心となって設営する。

「はい。行ってらっしゃい。戻ってくるのは七時半とか？」

「そんなもんって、拓三くんは言ってた。じゃあ、行ってきます」

家を出ると、昇ったそばから夏日を思わせる太陽光が地を這い、朝露を拭き取りはじめていた。ついさっきまで庭に鎮座していた冷気が逃げるように舞い、紅葉手前で足踏みしている落葉樹の葉を揺らしていく。

〈晴れてくれんのはありがたいけど、暑すぎるのはちょっと勘弁だな〉

雲ひとつない秋晴れにケチをつけているところへ、拓三くんが走ってやってきた。

「おはよー。天気、最高だね。瑳久くん、調子どう？」

「いいねえ。すこぶる」

運動場集合は六時半。学校まで五〇〇メートルの道のりを、おれたちはゆっくり歩きはじめた。

「まだ本番はじまってないけど、楽しかったよね。この十カ月」

「楽しかった。足腰の筋力も全快した感じがするわ」

「タイムもかなり伸びたもんね」

「拓三くんのおかげだ。握力も、十五キロはないかもしれないけど、明らかに強くなってきてるし。ありがとね」

「いやいや、そんなことないって」

「いやホントに。うん、本当にありがたかった」

「ん？　どうした？」

おれが挟んだ一拍に、拓三くんがすばやく反応した。

「実は目標だったんだよ、フユの運動会のリレーで走んの。入院してたときからずっと」

「そうだったの？」

「そう。それができたら、胸張って、完治って言えるような気がして」

「じゃあ、リレーに誘ったのは正解だった？」

「もちろん。誘ってくれたときは、そりゃあもう、嬉しくてさあ」

集中治療室にいたころ、おれはどこかで期待していた。明日の朝起きたら、もとどおり動けるようになっているかもしれない、と。動けるか、動けないか。その二点しか頭になかったからだ。だから、病気になる前の状態に戻ることを、安易に想像できていた。

だが、いざからだが動きはじめると、それにあわせて、喜びはすぐに小さくなっていった。ふつうに動けていたころの自分とくらべるには、回復がどれもあまりに小さすぎたからだ。

「それで、病気になる前じゃなくて、三日前とか一週間前の自分より動けるようになることを目標にして、どんなに小さい回復でも喜ばなきゃって思うようになった」

だが、慣れない謙虚をつづけるのは、簡単ではなかった。すぐにもの足りなくなった。そんなのは無理だとわかっていても、もっと強烈で、もっと急激な回復が欲しくなった。

そのうち、手近なところで勝てる相手を探すようになった。自分より重症の患者を目ざとく見つけ、おれのほうがマシだなと、躍起になって優越感に浸るようになった。逆に、自分より動ける患者には、なんでおまえみたいなヤツがといちいち嫉妬した。

一喜も一憂も、どっちになっても自分の中に汚れが溜まっていく気がした。

「でもね、拓三くん。ありがたいことに、ひとりだけいたんだよ。目標になってくれる人間が。おれよりちょっとだけ前を走ってる、ライバルみたいな存在が」

「だれだろう？　瑳久くんのほかに、ギラン・バレー症候群の患者さんっていなかったでしょ？」

拓三くんが首をひねるのも無理はない。十万人にひとりの病気で、同程度に重症の患者が同じタイミングで病院にいる可能性はかなり低い。それに、拓三くんがいくら頻繁に見舞いに来ていたといっても、そんなつもりでほかの患者を見ていたわけがないし、そもそも、おれのライバルは患者ではなかった。

「フユなんだ。目標にしたのは。あのころのフユは、病院に来るたびにいろんなことができるようになってってね。でも、まだまだ頼りなくてさあ。まあ、おれよりは頼り甲斐があったんだけど」

冬樹みたいに歩く。走る。跳ぶ。食べる。話をする。当時のおれからすれば、どれも相当ハイレベルな目標だったが、マイナスな考えが浮かぶことはなかった。冬樹の成長とおれの回復、どちらが早いか競争するのは楽しくてしようがなかった。

そして、装具を使わなくても歩けるようになったころ、なんとなく、速く走れるようになったら完治だと思うようになった。

「手のほうが重症で、回復に時間がかかってるのに、そんなのそっちのけでね。それからしばらくしてかな。今度は、父親たるもの、やっぱりフユの前でいいところ見せたいじゃないかってなって」

「そうか。あったんだね。速く走るのと、いいところを見せるのにもってこいのイベントが」

「そう。運動会の保護者リレーだよ。そこから今日までかれこれ五年くらいかな。でも、去年の運動会で拓三くんが走るのを見るまで、そんなの思い出せなくなってた。退院してからはそれどころじゃなくて」

病院の外はできないことで満たされていて、ふつうの生活を送るだけで大変だった。ふつうに戻るためにやるべきことが山ほど転がっているのに、それを見ないふりして、ぬるい目標を大そうに掲げることが不純に思えた。

たとえば、退院してすぐのころ。横断歩道を渡るときは、痛くもない脚をわざと引きずるように歩いた。運転手にふつうのひとみたいに走って渡れないことをアピールするためだ。ふつうのひとと同じように見てもらいたいくせに、状況にあわせてふつうじゃない自分をしたたかに出す。そういうのが卑怯に思えた。

いつの間にか、冬樹の運動会で走るという目標はおれの中で急速に価値をなくし、最後には、淀みに浮かぶ発泡スチロールみたいに、頭の隅に追いやられていた。

「でも、去年の運動会だよ。拓三くんが走るところや、子どもらが大声で応援する姿を見たらもう、一気に思い出した。これだったよな、おれが目標にしてたのはって。それに、フユに『お父さんはリレーで走らないの？』って訊かれたら、もうやれるとこまでやるしかないじゃん。それで、もう一回。自分の中で、五年前と同じ目標を五年前よりもずっとずっと高らかに宣誓したんだ」

運動場までつづく一本道に、朝日が染み込んでいく。拓三くんは、いつのまにかおれの前を歩いていた。

「でも、瑳久くん。そういうの、目標って言わないから」

そう言って静かに走り出す拓三くんに、おれの脚も自然と反応する。

「たしかに。大人の目標にしちゃあ、ちゃちだよな」

「いや、そうじゃない。そういうのは、目標じゃなくて」

拓三くんが、夜の藍色を思わせるような声で決める。「夢って言うんだぜ」

おれも、ホテルの最上階のバーでコニャック越しに夜景を見るような声色でかえす。

「それを夢って言っていいなら、拓三くん。ついでにさ、もうひとつ見せてよ。優勝っていう夢を」

息苦しいほどくさい台詞の応酬は、鼻を刺すどころか、こころを爽やかに突き刺した。

おれたちは珍妙なにおいをまとって運動場に乱入し、最高潮に高ぶったままテント設営をこなした。西地区は一着で設営を終え、「こりゃあ、幸先いいですなあ」と高笑いしながら、ひとまずおれたちは運動場をあとにした。


運動会は定刻どおり、午前八時四十分にはじまった。

おれが七緒と春樹を連れて西地区のテントに到着したときには、すでに最初の種目である応援合戦が、本部席向かって右手に赤組、左手に白組が陣取り、進行中だった。各学年が二クラスで構成されているため、どの学年も一組が赤組、二組が白組となり、徒競走や障害走などの個人競技、二学年が合同で競う団体種目、両軍一騎討ちの紅白対抗競技で獲得した総得点によって勝敗が決する。

午前の部は、序盤が個人競技を中心とした構成で、中盤に地区対抗綱引きと騎馬戦などの団体競技、終盤が児童と保護者代表それぞれによる地区対抗リレーとなっている。

午後は、午前中に消化しきれていない得点競技に加え、各学年が一カ月近く練習を重ねた演目の披露、そして最終二種目、紅白対抗競技の大玉転がしとリレーをもって、運動会はクライマックスを迎えるのだ――が、おれにとっては言うまでもなく、午前の最終種目、保護者地区対抗リレーこそ、クライマックスだ。

もちろん、そこまでの午前中いっぱいをリレーの調整に充てるつもりはない。やらなければならないことがある。運動神経がそれほどよくないくせに、胸躍らせて今日を迎えた冬樹の姿をカメラに収めると同時に、こころのフィルムに焼きつけることだ。

一年生の徒競走にあわせ、おれは退場口に陣取った。

レンズに息を吐きかけ、拭く。拭いてはまた吐く。入念すぎてレンズの乾く間がない。

退場口からだとゴールに向かって走ってくる冬樹を真正面から撮影できる。興奮と緊張があいまって、レンズに吐きかける呼気の温度が上がる。

男子の第一組がスタートを切った。冬樹はいない。だが、おれはシャッターを切る。冬樹が走る最終組に抜かりなく臨むためだ。第二組も同じだ。一位から最下位まで、それぞれにフォーカスしてシャッターを切る。冬樹が何位で走ってきてもいいように、万全を期す。

いよいよ男子の最終組。冬樹はスタートで大きく出遅れた。前を行く三人を追うが、距離はそう簡単に縮まらない。それでも冬樹は必死で走る。冬樹が最終コーナーをまわり、ゴールに向かう直線に入った。

シャッターを切る。切って切って、切りまくる。カメラが刀メラになったみたいに。

スタートの出遅れが響いて結果は四位だったが、それよりも、どうにか追いつこうと走りつづける冬樹の姿が、親ばかにはたまらなかった。写真のほうも、冬樹の躍動がじゅうぶんに伝わるものが撮れて、おれは胸をなで下ろした。

退場してきた冬樹に「がんばったな」と声をかけてから、つぎに徒競走で走る甥の侯を写真に収めるため、おれは最終コーナーにある撮影場所に向かった。走者との距離がはるかに近いぶん、退場口から狙うよりもダイナミックな写真が期待できる。

二年生、男子の第一組がスタートラインにつく。

〈うまく撮れるようなら、来年はフユもこっちから狙ってみるか〉

最終コーナーをまわっていくのにあわせ、カメラをスムーズに動かす。退場口から撮影するのとはずいぶん勝手がちがうが、確認した写真はまずまずと言えた。

だが、おれはそこで満足しない。第二組、侯がスタートを切る。おれは、拓三くん譲りの快速で目の前をぶっちぎっていく侯を追いつづけ、貪欲に求めた。来年につながるハイクオリティな一枚を。

『西地区、速い。一位でバトンを受けた西地区。二位との差をぐんぐん広げていきます』

徒競走で格のちがいを見せつけた侯が、「児童地区対抗リレー　男子の部」でも、西地区の二番手として圧巻の走りを見せる。

「侯、行けーー！」

おれと拓三くんは、西地区のテントの最前列で前のめりになっていた。

「コーッ！　ゴー、ゴー、ゴーーッ！」

おれは、保護者地区対抗綱引きで酷使した両手を固く握り、前に上にと忙しく突き出しつづけた。

「あのー、水を差すみたいでアレなんですけど、そろそろどうでしょう？」

上がりっぱなしのおれたちに声をかけたのは、保護者地区対抗リレー第四走者の小森《こもり》さんだ。

振り向くと、小森さんが気おくれした様子で、保護者リレーの代表選手が集まりつつある入場口を指差していた。

「瑳久くん、マズイ」

「ホントだ。急がないと。小森さん、ありがとうございます」

「あ、いえ。せっかく応援中だったのに、こっちこそすみません」

ずいぶんと控えめな小森さんのあとを小走りでついていく。そのあいだも、トラックの様子が気になってしようがない。

すでに入場口で待機している西地区のメンバーに合流する。「遅れてすみません」と言ったところに、放送席の実況がかぶってきた。

『アンカーにバトンが渡りましたー。一位、西地区！　二位、南地区！　その差はかなり縮まっています』

『南地区がじわりじわりと追い上げています。西と南の一騎討ちですッ！』

南地区のアンカーは、圭二さんの長男、高史《たかし》だ。

「拓三くん、詰まってきたよ」

「うん。こっちも速いけど、さすがに高史相手じゃあ、分がわるいかも。なんにせよ、最後の直線勝負だ」

『さあぁぁ、二チームがほぼ横並びで最後の直線に入ってきましたー！　どちらも譲らないッ！　勝つのはどっちだ！　どっちだぁーッ！』

ふたりがほぼ同時にゴールラインを駆け抜けた。少なくとも、おれたちからはそう見えた。

どっちだ——。

直後、高史がバトンを持った右手を高々と突き上げ、高史にバトンをつないだ五人の児童たちも一斉に喜びを爆発させた。

『優勝は南地区ッ！　圧勝を飾った女子につづき、男子も優勝は南地区ですッ！　二位はわずかの差で西地区。三位、東地区。そして、いま北地区が四位でフィニッシュしましたー』

熱いレース内容に、場内はまだざわついている。入場口では、子どもたちの走りに焚きつけられた南地区の保護者たちが、自分たちも勝って完全制覇だと、圭二さんを中心に盛り上がりを見せている。

『これより、児童地区対抗リレー、男子の部の表彰式をおこないます』

朝日小の運動会では、児童地区対抗リレー、保護者地区対抗リレー、紅白対抗リレーの三種目に限って、競技終了直後に優勝チームの表彰式がおこなわれる。しかも、定番曲ではあるが、ヘンデルの「見よ、勇者は帰る」をバックにウイニングランできるという特典つきだ。

南地区の男子代表六人が、拍手に応えながらゆっくりとトラックを一周する。

つぎは自分の番だというのに、おれはすっかり落ち着いていた。高ぶりのあまり四時に起きたくせして、本番を前になぜか凪いだ気分でいられる自分が、妙におかしかった。

勝てば完全制覇という、南地区の状況が改めてアナウンスされる中、保護者リレーの第一走者がスタートラインにつく。

スタートは、南地区のフライングでやり直しとなった。完全制覇がちらついたのか、必要以上に緊張している様子の走者に、落ち着いていきましょうと圭二さんが声をかける。

仕切り直した二度目のスタート。きれいに決まったように見えたが、慎重なスタートを意識した南地区が、少しだけ出遅れた格好となった。それでも、第二走者にトップでバトンをつないだのは南地区だった。二位に修一さんの東地区。西地区は最下位だ。

四人の力が横並びの第二走は、順位に変動のないまま進行した。

第三走では、西地区がひとつ順位を上げ、二位の東地区に迫った。南地区は、優勝に向けて東地区との差を着実に広げていた。

つづく第四走。三位でバトンを受けた小森さんが、すぐ前を行く東地区を追走する。東地区の第四走者は、身長が一六〇センチと小柄で、お世辞にも長いとは言えない脚をここぞとばかりに高速でまわす。片や一九五センチの小森さんは、決して理想的なフォームではないが、反則と言っていいほど長い脚を力強く繰り出しつづける自己流のストライド走法で、東地区にぴたりとついていく。走法がまったく異質のふたりが、ひとかたまりになって一位の南地区をのみ込もうと猛追する様は、なかなか迫力がある。

「じゃあ、行ってくるよ」

拓三くんにそう言って、おれはスタートポジションに向かった。

「瑳久くん」

「ん？」

「いよいよだね」

いよいよ——たしかにそうだ。だが、それはあくまで自分の番がまわってきたというだけで、病気になってからの全部を背負って走るときがきたということではない。そういうので走っていいのは、映画やドラマの主人公だけだ。

気持ちよく晴れていて、冬樹と春樹が見ている。モチベーションはそれくらいがちょうどいい。

いま、この場面に、意味はまだない。それはあとでできる。この先、気が向いたときにでも「いま」のページをめくって、それっぽい解釈を書いた付箋を貼りつければ、意味を持たせることができる。

実際のところ、おれは今夜から早速、ビールでものみながら今日のページを執拗にめくり、分厚くなってページが閉じられなくなるくらい、付箋を貼りまくるつもりでいる。

「まあ、楽にいくよ」

そして、笑ってつけ加えた。「何位でかえってきても、あとは頼んだよ」


小森さんが大幅な大股で向かってくる。

一位、南地区。二位、東地区。三位、西地区。差はほとんどない。

タイミングを計る。バトンパスの精度を上げるため、おれと小森さんはずいぶん前から熱心に練習してきた。

スタートを切る。

おれよりも内側のレーンに立つ南地区と東地区はまだスタートしていない。だが、おれたちに迷いはない。練習どおりだ。おれは前だけを見て走る。おれとの距離が手の届くところまで縮まった瞬間、小森さんが「ハイッ！」という掛け声にあわせ、おれの左手にバトンを置いた。

練習どおり、いや、それ以上に完璧なバトンパスで一気にトップに立つと、西地区のテントは大きくわいた。はじめてトップを譲った南地区からも、ここが勝負どころとばかりに激しい声援が飛ぶ。

すぐうしろの南地区だけでなく、三位の東地区の息遣いまで感じられるほど、おれと、つづくふたりの距離は近接していた。おれたち三人は、第一コーナーに入る前からすでに何度となく抜く抜かせないの小競りあいをつづけていたが、順位はかろうじて動いていない。

だが、第二コーナーを抜ける直前、それは起こった。

おれが少し外に膨らんで生じた小さなスペースに、二位の南地区が無理やりからだをねじ込んできた。

進路をふさごうと内側に寄る。そのときだ。おれがうしろに振り上げた左肘と、仕掛ける南地区の右腕がふれた。軽く。

だが、その「軽く」が、問題だった。

左手に握ったバトンが、滑り落ちそうになったのだ。

〈こんな当たりで、なんで？〉

いくら握力が十二、三キロでも、これはない。それくらい、衝撃はあくまで微弱だった。

それなのに、バトンは滑った。

バトンを握り直すのに気を取られ、スピードがいくらか緩む。南地区がもう一度インを突いてくる。今度は防ぎきれない。再び首位に立った南地区のテントのボルテージが一気に上がる。

〈手の疲れのせいだ〉

思えば、早朝のテント設営は、骨組みの持ち運びと設置に加え、天幕を骨組みに固く結びつける作業の連続だった。一時間前の綱引きでは、白熱した長期戦を繰り広げた。さらに、リレーで力走する侯の応援中は、ずっと拳を握り締めていた。

つまり、十キロちょっとの握力でがんばったのである。高ぶりゆえに、致命的にがんばってしまったのである。

この機に乗じて、背後から三位の東地区までもが仕掛けてくる。

困惑している時間はない。握力を温存し忘れたことを後悔してもしようがない。だが、頭でわかっていても、抜かれたショックはそう簡単に拭えなかった。

そのとき、右斜め前方の児童待機場所で、拳を突き上げ前のめりで応援する冬樹が目に飛び込んできた。

「おとーさーん！　負けるなーッ！」

去年の運動会――とてつもないスピードで走る拓三くん――応援する冬樹と春樹――。

鮮明な映像として、おれはそれを記憶している。映像の中の拓三くんを自分に置き換え、今日まで何百周と、このトラックを走るイメージトレーニングをしてきたからだ。

おれの走りは、当然のことながら拓三くんとは似ても似つかない。だが、応援する冬樹の姿は、映像をリプレイしているみたいに一年前のままだ。あまりに同じで、こんな状況なのに笑えてきた。

それで少し冷静になれたからだろうか。三つ巴というこの状況も、去年の運動会の野島三兄弟と重なることに気がついた。天地ほどある走力の差を除けば。

残りはトラック半周。

うしろからは、わずかながらおれより走力で勝る東地区が執拗に仕掛けてくる。

〈このままだとマズイかも〉

もしここで抜かれたら去年と同じだ。二番手で拓三くんにつながないと優勝はない。

〈やるか？　やったことないけど〉

一年前、拓三くんがすぐ前を走る修一さんに仕掛けつづけたシーンを、もはや録画していると言っていいくらいのクオリティで早回しする。

〈抜かれるくらいなら、やるしかないだろ〉

おれは腹を決め、見よう見まねで再現した。

まねたのは拓三くんの走りではない。

『最終コーナーを抜ける直前まで修兄はおれの進路をふさぐことに集中してた。絶妙なタイミングで外に膨らんだりとか』『あれをやられたら、どうあがいても勝てない』

拓三くんにここまで言わせた、修一さんの絶妙なコース取りのほうだ。

はじめてやったのに、からだが自動的に動き出す。

外から仕掛けようとする東地区の動きにあわせ、おれも外に広がり、南地区のすぐ斜め後方につけた。第三コーナーに入る直前で並ばれかけるが、おれはひるまない。コーナーに突入してからも、東地区が内側に寄る気配はない。予想どおり、大外からおれたちふたりを抜く気らしいが、それが容易でないことは、去年の運動会で修一さんが証明ずみだ。

すぐ斜め前方に注意を向けると、南地区のからだが少しずつ内側に傾きはじめていた。小まわりしようと意識しすぎているのがわかる。それがどういう結果につながるか、拓三くんにカーブの走り方を叩き込まれたおれはよく知っている。

〈ここだ〉

予想どおり、南地区のスピードが落ちる。それにあわせて、おれは南地区の真横につけた。このスピードなら、どうにか南地区の外側を離されないで並走できる。これで東地区がおれを抜くのはさらに難しくなる。あとは、左手のバトンが南地区と接触しないよう細心の注意を払うだけだ。

トップスピードで大外を走りつづけた東地区が、ペースを乱し、後退しながら内側に戻っていく。戻るスペースを東地区につぶされないよう、おれも内側に寄り、南地区の背後につける。

頭の中で数百回、拓三くんに扮して修一さんと駆け引きしてきた経験値は侮れない。

〈一発本番でここまで走れんなら、もう病気になる前より速くなってるってことでいいよな？　まあ、南地区を抜きかえすのは無理っぽいけど〉

一位にかえり咲いて文句なしに、とはいかなそうだが、それでも、土壇場の嬉しい発見でおれは勢いづいた。それからも、おれは老練な走り手のごとく、一位の南地区に息をあわせながら、東地区の仕掛けを封殺しつづけた。

最後の数秒。

おれは二位を死守していた。

まっすぐ前を見る。

『二位でバトンを受ければ優勝できる』

去年の年末、ファミレスでそう宣言した拓三くんが、兄ふたりに挟まれる格好で待っている。右手を挙げて、嬉しそうに笑っている。それとは対照的に、拓三くんの内側に立つ圭二さんの顔は、完全制覇という快挙と去年のリベンジを意識しすぎているのか、こわばって見えた。

あと数メートル。

野島三兄弟がほぼ同時に動きはじめる。おれは拓三くんに向かって左手を思い切り伸ばした。差し出したバトンを拓三くんが優しく奪い去る。この十カ月、いつも目の前を走ってくれていた背中は、その瞬間、嘘みたいなスピードで遠ざかっていった。

『南地区、一位でアンカーにバトンをつなぎました！　二位は西地区。このままいけば、南地区の完全制覇ですッ！　さあ、南地区！　優勝なるかーッ！』

「そうはいかないよ」

まくしたてる実況に、おれは小さく反論した。左手は、役目を終えて小刻みに震えていた。

◆

二〇一六年、十一月下旬。

おれは、春樹を抱っこして庭に出た。

運動会から一カ月以上が経ってなお、リレーの残り火のせいで「見よ、勇者は帰る」の鼻唄が自然と出てきてしまう。それに、年末に土居さんと会う約束を取りつけてあるから、そのときにリレーで走ったことを伝えるまで、火を絶やすわけにはいかないのだ。

時刻は午前七時二十五分。学校に行くはずの時間だが、冬樹はまだ出てこない。

「いやあ、ハルさん。まさしく『秋の雲　ちぎれちぎれて　なくなりぬ』ですなあ」

おれは空を見上げ、まだ二歳半の春樹に秋の風情をやたらと押しつけた。

二歳半といえば、おれが退院したころの冬樹と同じくらいだ。春樹とくらべて、そのころの冬樹はずっと上手に喋れていた。「そして」なんて接続詞まで使って、見たものや思ったことをやたらと説明したりしていた。

もちろん、かわいらしい言いまちがいをするところは同じだ。あわてんぼうのサンタクロースは「あばれんぼう」にかわり、トノサマバッタはこぢんまりと「お子様バッタ」になる。懐中電灯は携帯用小型照明器具から一転、「怪獣弁当」になり、暗がりを照らす気がない。トムとジェリーは「トマトゼリー」で、子リスがやってくる歌では「ポリス」が出動してくる。

冬樹のときはどうだったかな――。

次男の成長を見て、長男のときのことを思い出す。これからはそれが当たり前になっていく。だが、いままではちがった。冬樹が生後十カ月になった日から二年間、入院していたおれにとって、そのあいだの冬樹に春樹を重ねるのは不可能だった。

そばで見てやれなかった――。

その事実を、おれはいまだにうまく受け入れられない。病気になったせいでと思わない日はない。不運だったと思わない日はない。

それでも、うりふたつとまではいかないが、だれが見ても冬樹の弟とわかる顔をした春樹を見ていると、同じころの冬樹にふれた気になれた。それだけで、おれは報われたような気分だった。

それに、春樹と冬樹を重ねられなくても、春樹と自分を重ねることはできた。ひとりで立ち、歩きはじめる楽しさをわかってやれた。泣く以外に伝えるすべのないもどかしさも、ことばが相手に届く喜びも、おむつの中にうんちをする不快感も、手先を器用に使えないいら立ちも、全部わかってやれた。それは、奪われたからだの自由を取りかえすことができるギラン・バレー症候群の、付属特典みたいなものなのかもしれない。

玄関の中から、ハンカチを忘れただの、寒いから手袋をつけたいだの、あと一歩というところで粘る冬樹の声が聞こえてくる。

どう折りあいをつけたのか、元気いっぱい素手で出てきた冬樹に、おれは右手を差し出した。

「おい、もうみんな待ってるぞ。走ってけ」

「オッケー」

冬樹が思い切り振りかぶってタッチしてくる。「はい、ハルもターッチ。タッチタッチタッチタッチ、ターッチ」

「ほら、早く行けって」

「ハーイ、じゃあ行ってきまーす。ハルもバイバーイ」

「しっかり勉強してこいよ」

「わかってるよー。そっちも遅刻しちゃダメだぞー」

「どの口が言ってんだ、どの口が」

登校班の集合場所まで、まっすぐ二〇〇メートル。ランドセルを揺らし、冬樹は元気に走っていく。その小さな背中を見ていると、おれはいつだって、手でメガホンでもつくって声を張りたくなるのだ。

お父さんはいつも見てるぞ。希望に満ち満ちて、金ピカに光ってやまない、フユの背中を。ゴールドのランドセルなんて背負ってなくてもな。

著者プロフィール

岡田 瑳久（おかだ さく）

1978年生まれ。香川県出身、茨城県在住。

2010年、ギラン・バレー症候群を発症し、２年間の入院生活を送る。

退院後、闘病記録をまとめたホームページ「ヒカリサスミチ」を開設。

2021年、第四回「人生十人十色大賞」長編部門最優秀賞受賞（受賞時の筆名は野島准一）。

まっすぐな遠まわり

2021年12月15日　初版第１刷発行

著　者　岡田 瑳久
発行者　瓜谷 綱延
発行所　株式会社文芸社
〒160-0022　東京都新宿区新宿１－10－１
電話　03-5369-3060（代表）
03-5369-2299（販売）

印刷所　図書印刷株式会社

ISBN978-4-286-23469-4